U0084022

古典詩歌研究彙刊

第二九輯

龔鵬程 主編

第12冊

唐詩對越南李陳漢詩的影響研究（下）

阮福心 著

國家圖書館出版品預行編目資料

唐詩對越南李陳漢詩的影響研究（下）／阮福心 著 -- 初版
-- 新北市：花木蘭文化事業有限公司，2021〔民 110〕
目 2+164 面；17×24 公分
（古典詩歌研究彙刊 第二九輯；第 12 冊）
ISBN 978-986-518-330-1（精裝）
1. 漢詩文 2. 越南
820.91 110000267

ISBN-978-986-518-330-1

古典詩歌研究彙刊
第二九輯 第十二冊 ISBN：978-986-518-330-1

唐詩對越南李陳漢詩的影響研究（下）

作　　者　阮福心
主　　編　龔鵬程
總 編 輯　杜潔祥
副總編輯　楊嘉樂
編　　輯　許郁翎、張雅淋　美術編輯　陳逸婷
出　　版　花木蘭文化事業有限公司
發 行 人　高小娟
聯絡地址　235 新北市中和區中安街七二號十三樓
電話：02-2923-1455／傳真：02-2923-1452
網　　址　http://www.huamulan.tw 信箱 service@huamulans.com
印　　刷　普羅文化出版廣告事業
初　　版　2021 年 3 月
全書字數　275231 字
定　　價　第二九輯共 12 冊（精裝）新台幣 25,000 元

唐詩對越南李陳漢詩的影響研究（下）

阮福心 著

目次

上冊

第四章　唐詩對陳朝漢詩的影響

陳朝延續 175 年（1225 年～1400 年）。陳朝漢詩是李朝漢詩的繼承和發揚。越南陳朝文人（包括僧士、儒士在內）使用漢字寫作的詩、偈、頌等形式的文學作品簡稱為「陳朝漢詩」(參看本書第一章第三節)。當對該文學階段進行研究時，許多中外學者都習慣上把李陳兩朝文學合併在一起。在越南文學上，我們常見的有「李陳文學」、「李陳詩文」、「李陳禪詩」、「李陳時代」等詞語，他們都把這兩個朝代文學作為一個特殊的文學階段來研究。當然，每個命名皆擁有自己的理由，其取決於每位學者的研究目的及理念方法。然而，本書將李朝漢詩與陳朝漢詩區分開來，各為一章，分別進行研究。因為筆者認為每個文學階段或時期或朝代皆有不同的背景，導致其形成和發展的特點必定亦有不同之處。如前第三章所述，李朝漢詩——越南書面文學中的發端詩文，除有一些少量詩文作品或多或少表達了個人心情、顯露民族意識之外，其餘絕大部分皆是僧侶的、佛教信仰的詩文。但是，到了陳朝，則其詩文創作就發生了很大的變化。在作者隊伍方面，除了傳統的詩僧之外，文人學士以及官員的漢詩文創作越來越多。漢詩文創作本身亦發展出更加多樣化，漢文筆法及詩作技巧更加洗練，描寫色彩更是趨於塵世，而且在這個時期裏，已出現較為完整的漢喃作品。陳朝漢詩雖有改造發展，但在漢詩的體裁、詞句用意等方面，基本上依舊吸收著中華唐詩的養分而新創特色不甚明顯。為對本論題有一個既概括且具體的表述，本章分將別陳朝時期的詩文狀況概觀、陳朝漢詩稟受唐詩的影響、陳朝漢詩的基本特質等三大重點，來順次進行闡述。

第一節　陳朝時期的詩文狀況概觀

為實現大越民族的共同願望，陳朝繼承李朝的國家建設和發展事業，從軍事、農業、商業、乃至文化教育、文學藝術等各個方面積極推動。從文學方面看，不難發現其與李朝時期有所不同，陳朝文學已有了很大的轉變，不僅是作品數量更趨豐富，而且還出現了多樣態的創作隊伍。李朝的文體主要是詩、偈、頌、贊、碑、詞曲，到了陳朝就新增了更多的文體，諸如抒情詩、敘事詩、歌賦、頌古等等。從越南史籍得知，陳朝的開國之帝陳煚，就是一位擅長於詩文創作並博覽古今的飽學之士。陳煚之後，有朱文安（Chu Văn An, 1292 年～1370 年）、張漢超（Trương Hán Siêu, ？～1354 年）、范師孟（Phạm Sư Mạnh, 1303 年？～1384 年？）、阮忠彥（Nguyễn Trung Ngạn, 1289 年～1370 年）等眾多大儒士；還有陳仁宗／陳昑（Trần Nhân Tông／Trần Khâm, 1258 年～1308 年）、慧忠上士／陳嵩（Tuệ Trung Thượng sĩ／Trần Tung, 1230 年～1291 年）、同堅剛／法螺（Đồng Kiên Cương／Pháp Loa, 1284 年～1330 年）、李道載／玄光（Lý Đạo Tái／Huyền Quang, 1254 年～1334 年）等著名禪師；以及陳光啟（Trần Quang Khải, 1241 年～1294 年）、陳日燏（Trần Nhật Duật, 1255 年～1330 年）、陳國峻（Trần Quốc Tuấn, 1232 年？～1300 年）、胡季犛（Hồ Quý Ly, 1336 年～1407 年）等武將。他們皆長於寫作詩賦，留下豐富的漢詩文作品。特別是在陳朝還出現了一些較為完整的喃字詩歌作品，用越南人自己的語言以及本民族的文藝方式，證明了越族文化精神的飛躍，表達了一個南方獨立國家的意志。關於陳朝詩文創作面貌的綜觀，筆者從陳朝的漢詩文寫作背景及這一時期的三教並行現象等兩個方面來闡述。

一、陳朝的漢詩文寫作背景

1225 年，李惠宗（Lý Huệ Tông）立僅七歲的次女李佛金／李天馨（Lý Phật Kim／Lý Thiên Hinh）為皇太女，史稱「李昭皇」（Lý Chiêu Hoàng）。當時朝廷裏的權柄幾乎全部掌握在陳守度（Trần Thủ Độ）殿前指揮使的手中。次年即西元 1226 年，在陳守度的強力操縱下，李昭皇正式將王位讓給她的丈夫陳煚——陳守度的孫子，號為陳太宗。在陳太宗幼年的時候，朝廷的大小政事皆是由陳守度裁決並安排實施的。關於陳守度，《大越史記全書》載：「守度雖無學問，然才略過人。仕李朝，為眾所推。太宗之得天下者，皆其謀力也。故為國倚重，權移人主。」〔註 1〕

在取代李朝之後，陳朝建立府宗政，一個專門監護陳氏貴族秩序事務的機關。1230 年（庚寅六年，宋紹定三年）春三月，陳太宗「考前代諸例，定為《國朝通製造》，及改刑律禮儀，凡二十卷。」〔註 2〕歷數次糾正和補充後，陳氏又劃策「編國朝事務為《國朝常禮》十卷」〔註 3〕，將其視為陳朝各級行政建設級考核官吏的基礎。陳朝重組軍隊，擴大選舉制度，招募人才，鞏固和發展經濟，統一貨幣和計量單位，流通貿易日益受到鼓勵。1341 年，陳裕宗（Trần Dụ Tông）詔令張漢超（Trương Hán Siêu）和阮忠彥（Nguyễn Trung Ngạn）編定《皇朝大典》，並依李朝《刑書》基礎考選新朝刑書，即以頒行。〔註 4〕為適應改進朝廷行政，也為滿足民眾願望，陳氏各王登基時均不斷纂修律法，充分證明了此時的陳朝，已成為大越國家歷史發展中的重要轉捩

〔註 1〕〔越〕吳士連撰：《大越史記全書》（第一冊），孫曉主編（標點校勘），重慶：西南師範大學出版社；北京：人民出版社，2015 年，第 277 頁。

〔註 2〕〔越〕吳士連撰：《大越史記全書》（第一冊），孫曉主編（標點校勘），重慶：西南師範大學出版社；北京：人民出版社，2015 年，第 257 頁。

〔註 3〕〔越〕吳士連撰：《大越史記全書》（第一冊），孫曉主編（標點校勘），重慶：西南師範大學出版社；北京：人民出版社，2015 年，第 257 頁。

〔註 4〕參閱〔越〕吳士連撰：《大越史記全書》（第二冊），孫曉主編（標點校勘），重慶：西南師範大學出版社；北京：人民出版社，2015 年，第 359 頁。

點，即走向重視民生、改革政體的道路。這樣的新朝政策，激發出大越族的精神，能夠更加促進朝野官民的團結一體。

在 12 世紀末和 13 世紀初，東亞乃至歐亞大陸都處於蒙古軍隊的殘酷進攻及嗜血掠奪的戰爭狀態中。蒙古大軍的馬蹄踐踏亞洲大陸並西征近一半歐洲疆域，將之納入元蒙朝版圖。美國史學家埃德溫‧賴肖爾（Edwin Oldfather Reischauer, 1910 年～1990 年）曾評說過：「當元蒙軍事機構啟動之時，則不管是哪一力量，都不可抗拒得了。」〔註 5〕然而，大越人民曾三次（1258 年、1285 年和 1288 年）〔註 6〕將元蒙大軍驅逐出南國疆域，捍衛了民族的獨立和安全，塑造出大越民族的倔強精神，營造出了東亞國度的凜然浩氣。

關於陳朝社會結構，可以說是一個明顯的分級分層社會，其擁有三個主要等級：第一等級是在封建政權中的帝王、貴族、宗室、官吏等；第二等級是平民（普通人）——主要是城鄉民眾、包括商人、地主、匠人（技工）等；第三是奴婢等級。陳朝國王被視為整個國家的表象（象徵）〔註 7〕，具有至高無上的威權。當國王年輕時，真正的權力被掌握在太上皇手中。陳氏各王不斷一方面鞏固完善國家機構和法律體系，另一方面實行親民政策，同時亦吸收結合佛教的仁慈理念（慈悲思想）。

陳朝初期，主要是貴族、宗室階級享有特權，掌握高級職位。不

〔註 5〕Edvin O. Reischauer, "East Asia- The Great Tradition"，美國哈佛大學——英語版，頁 266。引自〔越〕明芝，《陳朝佛教，抑或對於元蒙大軍戰勝之深遠原因》收入越南佛教科、專門佛學科：《陳朝禪學》，越南：越南佛學研究院印行，1995 年，頁 241（Viện nghiên cứu Phật học (1995), *Thiền học đời Trần,* Nxb. Viện nghiên cứu Phật học Việt Nam, tr.241）。

〔註 6〕參閱〔越〕張有夐主編：《越南歷史大綱》（第一集），河內：教育出版社，2001 年，第 218～246 頁（Trương Hữu Quýnh chủ biên (2001), *Đại cương lịch sử Việt Nam* (tập 1), Nxb. Giáo dục, tr.218～246）。

〔註 7〕「庚戌十九年宋淳祐十年（1250 年）。春三月，地震。詔天下稱帝為國家。」見〔越〕吳士連撰：《大越史記全書》（第一冊），孫曉主編（標點校勘），重慶：西南師範大學出版社；北京：人民出版社，2015 年，第 267 頁。

是宗室的少數官僚通過賜國姓（取王姓）抑或被皇帝收養義子（皇帝的養子）等方式，來加入宗室、貴族階層。正是根據這一政策，非貴族的儒士官僚階層逐漸有更多的機會進入陳朝政治機構，參與國家的行政治理。陳朝出現了人數眾多、德才兼備的儒士。漢學教育和儒學科舉愈來愈謹嚴、愈來愈正規化。1232 年，陳朝開始舉行太學生試（太學生科）。1374 年，為進士科設置了殿試。在陳朝重視教育的制度下，興辦了不少儒學學校。通過教育和考試的方式，陳朝選拔了許多優秀人才，諸如：段汝諧（Đoàn Nhữ Hài, 1280 年～1335 年）、莫挺之（Mạc Đĩnh Chi, 1272 年～1346 年）、朱文安（Chu Văn An, 1292 年～1370 年）、阮賢（Nguyễn Hiền, 1234 年～1256 年）、黎文休（Lê Văn Hưu, 1230 年～1322 年）、張漢超（Trương Hán Siêu, ？～1354 年）、黎括（Lê Quát, 1319 年～1386 年）、范師孟（Phạm Sư Mạnh, 1303 年？～1384 年）等等。尤其是在陳朝末期，儒教全面興盛。這時在僧侶群中存在蛻化變質分子，遭到黎文休、張漢超、黎括等名士大儒的強烈譴責及大力排斥，甚至胡季犛（Hồ Quý Ly, 1336 年～1407 年？）當權時曾下令直接罷黜許多無良僧人。

然而總體來看，佛教在陳朝仍然有著深刻的影響，仍然佔據著十分重要的社會地位。關於陳朝佛教文學的創作隊伍，代表作家有陳昑、慧忠上士、陳嵩、同堅剛、李道載、陳太宗／陳煚（Trần Thái Tông／Trần Cảnh, 1218 年～1277 年）、陳聖宗／陳晃（Trần Thánh Tông／Trần Hoảng, 1240 年～1290 年）、陳英宗／陳烇（Trần Anh Tông／Trần Thuyên, 1276 年～1320 年）、陳明宗／陳奣（Trần Minh Tông／Trần Mạnh, 1300 年～1357 年）、陳光朝（Trần Quang Triều, 1287 年～1325 年）等等。在李朝，先後出現了毘尼多流支（北屬時期）、無言通（北屬時期）、草堂（李朝時期）等三個禪派。到了陳朝（十三世紀初），是由於多種主、客觀要素，使三大禪派逐漸合併成一，其名為安子竹林禪派，阮郎／釋一行（Nguyễn Lang／Thích Nhất Hạnh, 1926 年～）稱之為「一宗佛教時代，即是惟一佛教一派的時代」（Thời đại Phật Giáo Nhất Tông, tức là thời đại của một phái Phật giáo Duy Nhất）〔註 8〕，而此派是由陳仁宗親自創立的。陳朝的幾代皇帝或是出家修行或是在家修行，都是佛門信徒。此外，從王室（親王）、貴族、官吏到庶民絕大多數皆是佛教信仰者。當時，佛教的慈悲與博愛思想普及於陳朝全境，締造出了一個溫飽、平安和繁榮的社會生活。

在詩文方面上，陳朝繼承了李朝詩文，漢詩文寫作持續盛行。至十三世紀左右，開始出現喃字（chữ Nôm）作品，但連喃字基本上也是要借用漢字編造完成的。陳朝大部分作家的詩文創作，皆大量使用了中華史書、經典，以及中國文學的體裁、詩料、典故等。這種全面借用成為陳朝詩文創作中的「母題」（模型／motif）。例如，在慧忠上士的《放狂吟》中，不難發現溈山（771 年～853 年）、謝三（玄沙師備禪師，835 年～908 年）、石頭（希遷，700 年～790 年）、布袋（五代後樑時期）、普化（？年～806 年）、曹溪、盧氏、滄浪等眾多中華典故與佛教人物。還如在陳國峻（Trần Quốc Tuấn）的《檄將士文》（諭諸裨將檄文）中，作者如數家珍，引用許多中國史書中的忠臣義士，來作為越南將士的榜樣。

在思想方面上，正如日本、韓國——朝鮮，越南深受佛儒道三教思想、學說的影響，該三教思想早已滲入了陳朝越南人的心理、思維和生活。然而，在三教中，越南人（無論是平民階級還是封建貴族）受佛教思想的影響最為廣泛，也最為深入。特別值得一提的是，不管吸收、繼承任何外來的思想學說，最終都通過仿效和變革而走向本民族化。陳朝詩文在形成與發展的進程上，自然也是如此如此方向。民族化運動與發展的趨向，不僅表現在文學形式上而且尚表現在文學內容上。關於形式方面，最突出的是陳朝詩文，除使用漢字之外，作家們還使用喃字來創作。這一時期的文體主要在基本上接受了中華古典的固有文體，當然其中的一小部分，包括體裁和內容裏，也被轉化為適合於大多

〔註 8〕〔越〕阮郎：《越南佛教史論》（第一集），河內：河內文學出版社，1992 年，第 237 頁。

數越南群眾的願望和愛好。

由此可知，陳朝取代李朝後，就開闢了進一步發展大越國的歷史新時期。陳朝政權採取了穩健而機敏的步驟，建造出一個統一和穩定的社會基石，這些平穩的步驟，激發出大越民族的精神，使得朝野一心，民眾團結，使陳朝變成一個不斷強盛的國家。不僅在對抗侵略、捍衛國家方面取得勝利，同時還建造出燦爛的文學和文化的事業。在此過程中，佛教發揮出巨大的作用，就像范氏鸞（Phạm Thị Loan）在《李陳時期儒教發展概述》一文中所下斷語：陳朝被視為越南史上的興盛和輝煌時期之一，各個方面均取得了巨大成就，特別是在精神文化和思想方面。在此期間，佛教在社會生活中佔據主導地位，對民族文化與心靈生活產生重大影響。〔註 9〕或像陳皇好（Trần Hoàng Hảo）在《陳朝禪學的辯證思想》一文中所認定的：「在陳朝佛教與封建國家之間的良好關係中，佛教與世俗是和諧的，以行道需維繫民族意識之傾向，陳朝禪師不僅說講禪學之妙理，而且還關心當時生活之現實。故而，陳朝時代佛教已成為國教，這並不是由於國家政府首腦之意願，而是由於民心共識歸向。」〔註 10〕由此可見，雖然儒教在陳朝已佔居重要地位，但佛教對這個時代亦作出了不少貢獻，而其中的高峰表現正是竹林禪派。

二、陳朝時期的佛儒道並行

陳朝時期，佛教在李朝時期的發展基礎上繼續盛行。在第十三世紀初，毘尼多流支、無言通和草堂三大禪派逐漸合為一，導致安子禪派

〔註 9〕參閱范氏鸞：《李陳時期儒教發展概述》（*Khái quát sự phát triển của Nho giáo thời kỳ Lý- Trần*），收入〔越〕張文鐘、尹正主編：《陳朝越南思想》，河內：國家政治出版社，2008 年，第 253 頁（Trương Văn Chung, Doãn Chính đồng chủ biên (2008), *Tư tưởng Việt Nam thời Lý- Trần,* Nxb. Chính trị Quốc gia, Hà Nội, tr.253）。

〔註 10〕陳皇好：《陳朝禪學中的辯證思想》（*Tư tưởng biện chứng trong Thiền học nhà Trần*），收入〔越〕張文鐘、尹正主編：《陳朝越南思想》，河內：國家政治出版社，2008 年，第 406 頁。

的蓬勃發展，成為一個竹林禪派——越南史上著名的佛教文化發源地。此禪派來自安子山，而開山祖師是現光禪師（Thiền sư Hiện Quang，即第一祖）。安子禪派的第二祖，是圓證禪師（Thiền sư Viên Chứng），號竹林（Trúc Lâm）——陳太宗皇帝之師，他曾被太宗所尊奉為國師。第三承傳之祖是大燈國師（Quốc sư Đại Đăng），他是圓證禪師的門生。另有一位禪師可象徵陳朝統一佛教的領袖人物，他就是一宗國師（Quốc sư Nhât Tông）——無言宗禪派的第十六代應順禪師（Thiền sư Ứng Thuận）的門下。

據史料中得知，安子禪派的各個主要成員皆是既對禪學有深奧瞭解之宗師，又都是富有韜略者，諸如陳太宗、慧忠上士、陳聖宗、等等傑出人物。在陳仁宗皇帝兼禪師的才情領導下，已經集合到所有各派之人才，統一成立了一個新的禪派，即竹林禪派。當時朝野上下都可以感到一股充滿活力而積極入世的氣息。陳太宗不僅是安子禪派中的重要人物，而且是越南陳朝開國的第一位皇帝，也被認為國家新運會的開創者，對民族歷史的發展發揮著決定性的導向作用。史載，陳太宗二十歲時撇開寶座，尋得安子山欲求出家，但為國師竹林大沙門（即道圓禪師）所提醒：「山本無佛，惟存乎心，心寂而知，是名真佛。今陛下若悟此心，則立地成佛，無苦外求也。」〔註 11〕而此正為陳朝禪學之精要，為了具體化闡述此理，國師繼續向陳太宗勸告治國安民之法，曰：「凡為人君者，以天下之欲為欲，以天下之心為心。今天下欲迎陛下歸之，則陛下安得不歸哉。然內典之究，願陛下毋忘斯須耳。」〔註 12〕在積極入世精神上，陳朝的僧人及佛教信徒，儼然亦包括竹林禪派中的諸位成員在內，都已與民眾打成一片。

如果說在陳朝時期，佛教在朝野官民的精神生活中佔據了主導地

〔註 11〕〔越〕陳太宗：《禪宗指南序》，收入釋清慈：《課虛錄講解》，胡志明：胡志明綜合出版社，2008 年，第 863 頁（Thích Thanh Từ (2008), *Khoa hư lục giảng giải*, Nxb. Tổng hợp TP. Hồ Chí Minh, tr.863）。

〔註 12〕〔越〕陳太宗：《禪宗指南序》，收入釋清慈：《課虛錄講解》，胡志明：胡志明綜合出版社，2008 年，第 861 頁。

位，對大越民族的精神生活和文化產生了深遠的影響。那麼儒教作為一種重視道德的政治學說，對中央集權的封建國家機構的確立，對朝野治理以及社會等級秩序的維繫工作，也逐漸確定了自己的優勢。由於社會各個領域的發展需要，陳朝必須制定治國原則、政治體制，來運行朝野各級機構。與佛教南傳方式不同，儒家思想和經典跟隨著北方南征兵伐，通過強逼手段進入越南，為建立南方屬地藩國的統治制度體系服務。陳朝推行儒家的初期，遇到了很大的困難和阻力，但由於統治者的堅持，儒家對越南朝野乃至全社會的文化生活產生了較大的影響。儒家思想在中國有著悠久的形成和發展的歷史。孔子是先秦儒家學派的創始人，第一位興辦私人學校，教授弟子，被譽為「萬世師表」。孔子晚年主要是從事文教典籍的整理工作，編訂了《詩經》、《尚書》、《周易》、《禮記》、《樂經》等古代文獻，並刪修《春秋經》，簡稱為「六經」。孔子死後，他的弟子及再傳弟子繼承及發展其文教事業，逐漸形成了完整的儒教思想體系。北宋程子取《禮記》中《中庸》、《大學》兩篇文章，以弘揚儒學〔註 13〕，後南宋朱子取此兩篇與《論語》及《孟子》加註成書，稱《四書集注》。這套「四書」在中國和東亞長期流行，不僅對本國文教事業而且對東亞各國都產生了極大的影響，其中包括越南在內，因為它曾是官方教科書與科舉考試必讀書。史籍記載，儒教傳入越南的初期，最遲是在士燮時代，到了仁宗／李乾德（Nhân Tông／Lý Càn Đức, 1066～1128）時代，越南儒學才開始逐步發展起來。到了陳朝末期，乃至胡、黎初、莫等各朝，儒家思想逐漸發展到了被朝野普遍接受的最高峰，在越南民族的政治舞臺上和思想體系中佔據重要地位。

儒家思想體系中主張「三綱五常」、「三從四德」，等等，其中不難看見其最具有特色的核心內容，就是「仁」〔註 14〕（義）的道德倫理

〔註 13〕見徐耀環：《〈細說四書〉出版序》，引自徐芹庭著、徐耀環編校：《細說四書》（上），新北市：聖環圖書，2011 年。

〔註 14〕「在《論語》中，孔子論及『仁』的地方達 100 多處，已經形成了關

思想學說，以及其重視「正名」的倫理觀念。這裏的「正名」，是指君、臣、父、子皆必須嚴格遵守各自的名分；這是引導社會從紛亂到治理、從無序變得有序的基礎事情。孔子深切關懷重建一個有綱紀、有秩序、民眾相互和諧相處的社會。而想做好這件事情，先須心地端正，心地端正後，才能修養自身，修養自身後，才能管理好自己的家庭，管理好家庭後，才能治理好自己的國家，治理好國家後，天下才能得到太平，這在《禮記．大學》中曰：「心正而後身修，身修而後家齊，家齊而後國治，國治而後天下平。」〔註 15〕此外，儒家思想對「天命」、「天人感應」、「敬天思想」、「合於天理」等等，都表現出適應中央集權君主專制政體，對於幫助王朝、鞏固統治具有巨大的作用。在穩定社會秩序方面，儒家思想可為佛教和道教思想體系彌補不足。

不像佛教和儒教那樣廣泛傳播和突出，道教在越南社會中也佔有一席之地。道教在獨立初期的那些符咒、魔術，看起來符合水稻農業地域人民的古老信仰。道教在中國被看成是本土宗教，其原始教祖是老子（西元前 570 年～？）。道家以「道」為最高的信仰，以「道」為宇宙本體、萬物規律，以「道」來建立神學理論體系的基礎，其宗旨大致為「追求長生不死、得道成仙和濟世救人」。據傳統觀點，老子是中華哲學的鼻祖〔註 16〕，接踵而來的是孔子（西元前 551 年～474 年），孔、老均是春秋時代著名的重要思想家。老子的哲學思想體系都歸納於《道德經》一書中，而後莊子（約西元前 369 年～286 年）承襲與發展了老子的思想。漢代脫胎於道家的道教，溫和地以自由信仰的方式傳入越南。有貴族道教傾向的「神仙道」，並沒有產生太大的影響；反之，平

於仁學的理論體系，他把「仁」看成是倫理道德的最高的範疇。」（見李浴華《孔子和〈論語〉（代序）》，收入李浴華譯注：《論語．大學．中庸》，太原：山西古籍出版社，第 2 頁。）

〔註 15〕徐芹庭著，徐耀環編校：《細說四書》（下），新北市：聖環圖書，2011 年，第 4 頁。

〔註 16〕中國近代著名學者胡適先生（1891 年～1962 年）說：「老子是中國哲學的鼻祖，是中國哲學史上第一位真正的哲學家」；中國現代著名作家魯迅先生（1881 年～1936 年）說：「不讀《老子》，不知中國的文化」。

民道教「大仙道」則廣受陳朝民眾的歡迎，得到了普遍地傳播流行。

陳朝初期的道觀、神社裏，僅僅崇拜源於中國的神靈，後來道教掌管的道觀和神社，是這些地方逐漸成為義士、功臣、大越民族的犧牲者之祭祀場所。據老子的觀念，「道」是最重要的範疇，是這個世界間一切事物（萬法）的創設者，是萬法的發源，是包羅萬象的先有之物。「道」也是自然法則，是萬事萬物的存在和運動之規律。如果「道」是難以掌握的精微體，那麼「德」就是萬物之用及形體。老子說：「道生之，德畜之，物形之，勢成之。」〔註 17〕意味著道生成萬物，德養育萬物，物質給它們形體，環境讓它們成功。老子主張依順自然，而「道」就在於一切順其自然，也可說「道」就是「自然」。那麼，若回歸自然，亦即是回歸「道」。道教早就傳入了越南，大致約為北屬時期，但直到陳朝末期，道教才對越南的社會生活產生了很大的影響。連在當時僧人們寫作的漢文詩中，也常常借用源於《道德經》中的「無為」〔註 18〕一詞或「和光同塵」〔註 19〕組詞。在文化方面，陳朝除了寺廟之外，還有不少民間信仰的祭祀廟宇，其中也包括道教和儒教。

在傳入越南社會以及對其之地位確立的過程中，佛儒道三教並沒有各自獨立行事，而是相互聯繫、互相制約、共同發展。當然，他們之

〔註 17〕鄭鴻：《老子思想新釋》，美國：八方文化企業公司，2000 年，第 56 頁。

〔註 18〕《老子‧第三十七章》：「道常無為而無不為。侯王若能守之，萬物將自化。化而欲作，吾將鎮之以無名之樸。無名之樸，夫亦將無欲。不欲以靜，天下將自正。」意味著，「道永無為而無不為。如侯王能守信於它，萬物將自動地轉化。如轉化後新欲再起，我將鎮以無名的樸。無名的樸亦謂無欲。去私欲就帶來寧靜。和平自然降臨天下。」（見鄭鴻：《老子思想新釋》，美國：八方文化企業公司，2000 年，第 140～141 頁）。

〔註 19〕《老子‧四章》：「道沖，而用之或不盈。淵兮，似萬物之宗。挫其銳，解其紛，和其光，同其塵。湛兮，似或存。吾不知誰之子，象帝之先。」意味著，「道是空的，但永遠用之不盡。深奧呀，像所有萬物的宗親。去鋒芒，解糾紛，柔光耀，它和塵世洽同。淵深呀，像永遠存在著。我不知道它是誰的創造，好像在有上帝概念之先。」（見鄭鴻：《老子思想新釋》，美國：八方文化企業公司，2000 年，第 37 頁）。

間有時也會產生互相衝突。例如在陳朝末期，儒家針對佛教僧侶們的腐化墮落猛烈地攻擊。還如在十四世紀，張漢超在《浴翠山零濟塔記》一篇文中，對佛教直筆批判：「（釋迦牟尼——筆者注）滅後末時，少奉佛教蠱惑眾生。天下五分，僧剎居其一，廢滅彝倫，虛費財寶。魚魚而遊，嗤嗤而從，其不為妖魅奸軌者幾希。」〔註20〕然而，從總體而看，佛儒道三教的思想均為越南民族所連在一起，將之融入到本地文化，成為了貫穿陳朝各王的政治思想體系的組合。這個融合的結果，產生了不少為人民為民族之人，諸如陳仁宗詔：「諸買良民為奴婢者，許贖田宅。」〔註21〕而陳國俊則喚起：「君臣同心，兄弟和睦，國家併力，彼自就擒。」〔註22〕陳仁宗在詩歌方面，表現儒教思想的「立身」之志，在《和喬元朗韻》一詩中寫道：「生無補（一作輔）世丈夫慙。」〔註23〕意思是說在世活著而對世界毫無助益，則真是為人的最大慚愧。佛儒道三教的這種融合，還集中表現在慧忠上士〔註24〕這個詩僧身上。還有陳太宗在《普說四山．四山偈》中〔註25〕，借用了不少儒、道的術語或典故來表達佛教的觀點，例如三才、橐籥、三陽、靈丹、離婁等等。

三、陳朝時期的詩文面貌綜觀

根據越南文學院古近代文學編委《李陳詩文》（第二集和第三集：

〔註20〕〔越〕文學院：《李陳詩文》（第二集），河內：社會科學出版社，1988年，第751頁。

〔註21〕〔越〕吳士連撰：《大越史記全書》（第一冊），孫曉主編（標點校勘），重慶：西南師範大學出版社；北京：人民出版社，2015年，第305頁。

〔註22〕〔越〕吳士連撰：《大越史記全書》（第二冊），孫曉主編（標點校勘），重慶：西南師範大學出版社；北京：人民出版社，2015年，第316頁。

〔註23〕〔越〕文學院：《李陳詩文》（第二集），河內：社會科學出版社，1988年，第477頁。

〔註24〕阮慧芝：《陳嵩——李陳禪村中的奇特人物》，引自阮慧芝：《越南古近代文學——從文化視角到藝術代碼》，河內：越南教育出版社，2013年，第375～406頁。

〔註25〕〔越〕文學院：《李陳詩文》（第二集），河內：社會科學出版社，1988年，第39～41頁。

由越南河內社會科學出版社，分別於 1978 年 10 月 1 日、1988 年 12 月 28 日出版）——陳朝時期詩文的全部數量是按歷史年代的順序，是從 1225 年的陳朝開端至胡朝統計，顯示第二集共 35 位作者，其中作者佚名共有 2 位；第三集共 54 位作者，其中作者佚名共有 3 位。這樣，據此第二集和第三集統計，陳朝詩文共有 89 位作者，其中名作者有 84 位，作者佚名者為 5 位。在這 89 位作者中，只有 23 位作者所寫是佛教詩文。

第二集的陳朝詩文數量共 363 首／或篇；第三集共 415 首／或篇。在這些作品中，有的是以傳、史、語錄等形式寫成的作品，有的是以偈、頌、銘等形式寫成的作品。若僅據《李陳詩文》第二集和第三集中的統計，顯示陳朝總共約有 778 首詩（其中未算名士阮忠彥（Nguyễn Trung Ngạn, 1289 年～1369 年或 1370 年）的《介軒詩集》），包括四言詩體、五言詩體、六言詩體、七言詩體、雜言詩體等各種唐詩體裁，其中五言詩體和七言詩體佔據了大量。五言詩體總共約有 77 首，其中五言絕句佔據約為 36 首，五言八句佔據約為 32 首，其他五言詩體佔據約為 9 首；七言詩體總共約有 606 首，其中七言絕句約有 261 首，七言八句約有 333 首，其他七言詩體約有 12 首。為對陳朝時期的詩文創作面貌有一個全面而具體的看法，筆者先對同類創作群體來進行縷述分類，並僅列舉作品作者知名（有姓名），然後提出一個簡單概括的認定。以下分為四大群體，具體如下：

第一為君王貴族群體創作，共 24 位，包括陳煚／陳太宗，他的漢文作品現留有《寄清風庵僧德山》和《送北使張顯卿》二首、兩篇序文（《金剛三昧經序》、《禪宗指南序》）和《課虛錄》一本，其中《課虛錄》是一本撰於十三世紀末的著名書籍，包括上下二冊。本書中有幾十篇不同的文章，其主要內容是懺悔偈文，帶有濃郁的宗教儀式色彩，其目的是為了修正自己、克制私心，時刻提醒自己及他人。本書籍為漢文，後被陶唯英（Đào Duy Anh, 1904 年～1988 年）、釋清檢（Thích Thanh Kiểm, 1921 年～2000 年）、釋清慈（Thích Thanh Từ, 1924 年～）等眾多著名學界譯成越文。

陳嵩／慧忠上士（Trần Tung／Tuệ Trung Thượng sĩ, 1230 年～1291 年）著作甚多，收集於《上士語錄》一部中。本部書籍分為三部分：一為《語錄》；二為 50 首詩，其中有一首漢詩《淨邦景物》，與陳光啟的漢詩《題野墅》重複，另一首漢詩《四山可害》與陳太宗的《四山可害》重複；三為一篇《上士行狀》由陳仁宗編寫，有八位竹林派禪學法師的八篇《贊》——稱羨慧忠之道業，最後有杜克終的一篇《跋》。其全集由龍洞寺的慧源刻印於正和四年癸亥（1683），而後為清渠禪師刻印於癸卯年（1903 年）。《上士語錄》是一部「卓絕、哲理淵深、文章明快之著述」〔註 26〕，是一部傳達禪學學術思想價值的書籍。

陳國峻／興道王（Trần Quốc Tuấn／Hưng Đạo Vương, 1232 年？～1300 年）存留一篇《諭諸裨將檄文》（俗稱《檄將士文》）。此外，還保留了一首漢詩《口吟》，及不少具有規勸或哲學含義的對話。陳晃／陳聖宗（Trần Hoảng／Trần Thánh Tông, 1240 年～1290 年）著有《遺後錄》、《箕裘錄》、《禪宗了悟歌》、《放牛》、《柢這銘》，但現在已經遺失，目前僅存《文集》、《宗身之義論》，漢詩 13 首、贈陳光啟一首（兩句詩）、答慧忠上士一首（兩句詩）和一篇《宗身之義論》。陳國遂（Trần Quốc Toại, 1254 年～1277 年）的漢文作品有《岑樓集》，今不傳，僅留有《勝封侯》、《惟詩可勝金》、《挽文憲侯》三首二句。陳光啟（Trần Quang Khải, 1241 年～1294 年）的漢文作品有《樂道集》，今已散失，今僅存有 9 首漢詩。陳昑／陳仁宗（Trần Khâm／Trần Nhân Tông, 1258 年～1308 年）的漢詩文有《陳仁宗詩集》、《大香海印詩集》、《僧伽碎事》、《石室寐語》和《中興實錄》一部。可惜，這些書籍都已散失。目前僅收集到他的 33 首詩、一首銘、一首贊、兩篇喃字駢儷文和一段語錄。陳道載（Trần Đạo Tái，生卒不詳）的

〔註 26〕〔越〕釋清慈：《慧忠上士語錄講解》，胡志明：胡志明市綜合出版社，2008 年，頁 6（Thích Thanh Từ (2008), *Tuệ Trung Thượng Sĩ ngữ lục giảng giải*, Nxb. Tổng hợp TP. Hồ Chí Minh, tr.6）。

詩文作品甚多，現已基本遺失，目前僅保留了一首漢詩《侍上皇宴》。陳烇／陳英宗（Trần Thuyên／Trần Anh Tông, 1276 年～1320 年）有《石藥針》一篇和《水雲隨筆》（二卷），今不傳。現在僅留有詩歌 14 首和《情與理關於折獄論》一篇。陳慶餘（Trần Khánh Dư, 1240 年？～1339 年）著現僅存一篇《萬劫宗密傳書序》。陳光朝（Trần Quang Triều, 1286 年～1325 年）漢詩集有《菊堂遺稿》，全集今已遺失，留有漢詩 11 首，存於《越音詩集》及《全越詩錄》中。陳奣／陳明宗（Trần Mạnh／Trần Minh Tông, 1300 年～1357 年）漢詩集有《明宗詩集》（一卷），今已遺失，存有 27 首漢詩、2 篇短文、1 篇《大香海印詩序》〔註 27〕。陳元旦（Trần Nguyên Đán, 1325 年～1390 年）詩集有《冰壺玉壑集》，已不存，現僅有 51 首漢詩抄錄於《全越詩錄》。陳暊／陳藝宗（Trần Phủ／Trần Nghệ Tông, 1322 年～1395 年）編著有《皇訓》（共 14 章）、《帝箴》（共 150 句）、《葆和餘筆》（共 8 卷）、《藝宗詩集》（1 卷），這些著作目前仍未找到，僅留有 5 首漢詩存於《全越詩錄》，還有一篇碑。陳晧／陳裕宗（Trần Hạo／Trần Dụ Tông, 1336 年～1369 年）編著有《陳朝大典》（二卷）今已不存，《全越詩錄》中留有其漢詩一首《唐太宗與本朝太宗》。陳天澤（Trần Thiên Trạch, ？～1379 年）在《全越詩錄》中僅存有一首《題范殿帥家莊》；陳萼（Trần Ngạc, ？～1391 年）《大越史記全書》記載他常作喃文詩，但這些詩作已失傳，在《全越詩集》中僅保留其漢詩一首《贈司徒元旦》。胡季犛（Hồ Quý Ly, 1336 年～？）在《大越史記全書》和《全越詩錄》中存有其 5 首漢詩，其中《答北人問安南風俗》一首，不少中日學者認為不是由胡季犛所作。陳季曠／陳重光（Trấn Quý Khoáng／Trần Trùng Quang, ？～1414 年）著現存有一首喃字詩和一篇喃字祭文。陳曔／陳睿宗（Trần Kính／Trần Duệ Tông, 1336 年～1377 年）有漢詩一首《赤嘴猴》載於《大越史記全書》，還有一篇《阮碧珠祭

〔註 27〕見〔越〕文學院：《李陳詩文》（第二集），河內：社會科學出版社，1988 年，第 779～820 頁；但此篇不見於本書中。

文》載於《傳奇新譜》。阮碧珠（Nguyễn Bích Châu, ？～1377 年）存留有《雞鳴十策》一篇及幾段短文、話語等。裴伯耆（Bùi Bá Kỳ，生卒不詳）現存有漢詩一首《上明帝詩》和《告難表》一篇漢文。胡元澄（Hồ Nguyên Trừng, 1374 年？～1446 年？）現存有《南翁夢錄》（原共 31 篇，今僅有 28 篇）。

第二為儒士官吏群體創作，共 47 位。分別是黎文休（Lê Văn Hưu, 1230 年～？）著有《大越史記》，可惜已經遺失，目前僅留下被後黎朝前期史臣吳士（仕）連（Ngô Sĩ Liên）載於《大越史記全書》中的幾條評論。丁拱垣（Đinh Củng Viên, ？～1294 年）現存一首漢詩《瞿塘圖》。黎拱垣（Lê Củng Viên，生卒不詳）現存一篇《奉陽公主神道碑銘並序》。陳時見（Trần Thì Kiến, 1260 年？～1330 年？）現留有一首七言絕句詩《贈安朗寺普明禪師》。阮士固（Nguyễn Sĩ Cố, ？～1312 年）在《粵甸幽靈》和《全越詩錄》中存有《從駕西征謁傘圓祠》、《從駕西征謁白鶴江顯威王祠》二首漢詩。王務成（Vương Vụ Thành，生卒不詳）僅存一首漢詩《題白鶴廟》。范五老（Phạm Ngũ Lão, 1255 年～1320 年）漢文作品今留有《述懷》、《挽上將國公興道大王》兩首漢詩。阮制義（Nguyễn Chế Nghĩa, 1265 年？～1341 年？）現保留下一首漢詩《言懷》。杜克終（Đỗ Khắc Chung, ？～1330 年）存留兩首漢詩《詠菊・二首》和一篇《上士語錄跋》。阮氏點碧（Nguyễn Thị Điểm Bích，生卒不詳）被認為「出口成章」，但現僅存下一首相傳是由她所作的漢詩《即景》。裴宗瓘（Bùi Tông Quán、或裴宗驩／Bùi Tông Hoan，《全越詩錄》載為裴崇瓘／Bùi Sùng Hoan，生卒不詳），在《越音詩集》和《全越詩錄》中存有他的四首漢詩《江村秋望》、《丁未九月大水耽耽提決》、《雨後新居即事》和《挽上將國公興道大王》。其中《挽上將國公興道大王》與范五老的同名詩完全重複。莫記（Mạc Ký，生卒不詳）存留有一首六言四句漢詩《送使吟》。段汝諧（Đoàn Nhữ Hài, 1280 年～1335 年）著留一篇《擬英宗皇帝謝上皇表》。張漢超（Trương Hán Siêu, ？～1354 年）著有《皇朝大典》、《形書》等二卷（合著），《謝除翰林院直學士》等均已散失，今存有漢詩七首（其中有四首同題）、一篇《白滕江賦》和兩篇記（碑記和塔記）。阮昶（Nguyễn Sưởng，生卒不詳），在《越音詩集》和《全越詩錄》中保留其漢詩 16 首。陳效可（Trần Hiệu Khả），《越音詩集》載為陳放可／Trần Phóng Khả，生卒不詳），存留一首七言絕句《即事》。范遇／范宗遇（Phạm Ngộ／Phạm Tông Ngộ，生卒不詳），詩作現存六首。范邁／范宗邁（Phạm Mại／Phạm Tông Mại，生卒不詳），存留五首漢詩、一篇《千秋鑒賦》。莫挺之（Mạc Đĩnh Chi, 1272 年或 1284 年？～1346 年或 1361 年？）的漢文作品有一篇謝表、一篇碑記，但這兩篇今已不見，現存有四首漢詩和一篇《玉井蓮賦》，另外還有《扇銘》和《教子賦》被認為是由他所做之作。阮憶（一作億，Nguyễn Ức，生卒不詳），《全越詩錄》收有他的 20 首漢詩。朱文安（Chu Văn An, 1292 年？～1370 年）所著《七斬疏》、《樵隱詩集》、《樵隱國語詩集》、《四書說約》等均已散失，現存 12 首漢詩載於《全越詩錄》。胡宗鷟（Hồ Tông Thốc，生卒不詳）編著有《越史綱目》、《討閑效顰集》、《越南世志》、《賦學指南》、《形勢地脈歌》（此書由陳國傑編次，胡宗鷟參訂），這些書籍已經遺失，至今僅找到他的 2 首七言八句漢詩和《慈恩寺碑銘並序》、《越南世志序》兩篇。范師孟（Phạm Sư Mạnh），著有《峽石集》，今已失傳，目前保留了他的 40 餘首漢詩，載於《全越詩錄》中，還有一篇《崇嚴事雲磊山大悲寺》。黎括在《全越詩錄》和《精選諸家律詩》中留有 7 首漢詩，一篇《北江沛村紹福寺碑記》載於《大越史記全書》。阮固夫（Nguyễn Cố Phu，生卒不詳）在《全越詩錄》中存有一首七言十六句《北使應省堂命席上賦詩》。杜子微（Đỗ Tử Vi，生卒不詳），在《全越詩錄》中留有《過越井岡》、《賀胡城中狀元》兩首漢詩。陶師錫（Đào Sư Tích, 1347 年？～1396 年？）著有 5 首漢詩《珥河》、《歸田》、《拜程娘廟》、《將黎輔陳》、《憶昭皇》〔註 28〕和《景

〔註 28〕〔越〕惟丕：《關於陶師錫的新資料》，《漢喃雜誌》，2011 年第 1 期，第 69～72 頁（Duy Phi (2011), *Tư liệu mới về Đào Sư Tích*, in trong *Tạp chí Hán Nôm*, số 1 (104) 2011, tr.69～72）。

星賦》、《廷對策》兩篇。陳廷琛（Trần Đình Thâm，生卒不詳）僅留有2首漢詩，載於《全越詩錄》。謝叔敖（Tạ Thúc Ngao，生卒不詳）所著僅存一篇《崇慶寺碑銘並序》。劉常（Lưu Thường, 1345年～1388年）所著僅留下一首七言絕句漢詩《絕命詩》，存於《精選諸家律詩》。范仁卿（Phạm Nhân Khanh，生卒不詳），在《全越詩錄》中收有他的13首漢詩。史希顏（Sử Hy Nhan, ？～1421年？）在《群賢賦集》中留有一篇《斬蛇劍賦》。朱唐英（Chu Đường Anh，生卒不詳），有《題唐明皇浴馬圖》和《題群魚朝鯉圖》漢詩2首存於《全越詩錄》。阮季膺（Nguyễn Quý Ưng，生卒不詳）現有《題浯溪》、《橫州次王蓬齋韻》二首漢詩存於《全越詩錄》。武世忠（Vũ Thế Trung，生卒不詳）在《全越詩錄》中存有4首漢詩《蘭穀・四首》。朱克讓（Chu Khắc Nhượng，生卒不詳）在《全越詩錄》中留有一首七言絕句《題紫柴莊永興寺》。尹恩甫（Doãn Ân Phủ，生卒不詳）在《全越詩錄》存有一首七言八句《奉使留別親弟》。謝天爊（Tạ Thiên Huân，生卒不詳）在《全越詩錄》保留其14首漢詩。段春雷（Đoàn Xuân Lôi，生卒不詳）在《群賢賦集》中存有一篇《葉馬兒賦》。阮飛卿／阮應龍（Nguyễn Phi Khanh ／Nguyễn Ứng Long, 1355年？～1428年？）的詩集《蕊溪詩集》今已不存，現有《阮飛卿詩文》包括漢詩77首和《葉馬兒賦》、《清虛洞記》兩篇文。此漢文作品是由陽伯恭（Dương Bá Cung）彙編的，轉印於《抑齋遺集》一部中。陳舜俞／程舜俞（Trần Thuấn Du／Trình Thuấn Du，而《越音詩集》中載為段舜俞／Đoàn Thuấn Du，生卒不詳）著留有《寶山寺》、《城西大隱廬口占》、《賀捷》、《回舊貫》、《山張寺》等數首漢文詩。阮夢莊（Nguyễn Mộng Trang，生卒不詳）在《全越詩錄》中僅存有一首七言八句漢詩《題西都城》。阮表（Nguyễn Biểu, ？～1413年）作有兩首喃字詩；鄧容（Đặng Dung, 1373年？～1414年？）在《全越詩錄》中僅留有一首漢詩《感懷》；黎景詢（Lê Cảnh Tuân, ？～1416年？）著有一封《萬言書》，早已不存，現有12首漢詩存於《全越詩錄》中。范汝翼（Phạm Nhữ Dực，生卒不詳），在《全越詩錄》中保存了他的61

首漢詩。阮謹（Nguyễn CNh，生卒不詳）存留一首漢詩《賀門下省司郎中》。阮忠彥（Nguyễn Trung Ngạn, 1289 年～1369 年或 1370 年），著有《皇朝大典》、《形書》二卷（合著），均已散失。輝溫（Phan Huy Ôn, 1755 年～1786 年），從《越音詩集》、《摘豔詩集》和《精選諸家律詩》等漢文集客找出他的 79 首漢詩，編成《介軒詩集》一書，而在黎貴惇《全越詩錄》中載有其 83 首漢詩。黎崱（Lê Tắc，生卒不詳）著作有《安南志略》，其中有 15 首漢詩。李濟川（Lý Tế Xuyên，生卒不詳）著有《粵甸幽靈集》，亦稱《越甸幽靈集》（共 27 篇）。陳世法（生卒不詳）相傳著有《嶺南摭怪》。

第三為禪師群體創作，共 4 位，包括同堅剛／法螺（Đồng Kiên Cương／Pháp Loa, 1284 年～1330 年），講過《華嚴經》、《圓覺經》、《雪竇語錄》、《大慧語錄》、《上士語錄》、《禪林鐵觜語錄》等眾多經典和語錄。法螺曾編纂、注疏諸多經典，乃至創作不少佛學教科書和誦念儀式，諸如《石室寐語》、《金剛場陀羅尼經》、《法華經科疏》、《楞伽經科疏》、《般若心經科疏》、法事科文》、《度門助成集》、《仁王護國儀軌》、《慧忠上士語錄》等。這些漢文作品幾乎皆已亡佚，現有《入俗戀青山》、《示寂》、《贊慧忠上士》三首漢詩和《勸出家進道言》、《竹林大尊者上坐聽師示眾》、《上乘三學勸眾普說》、《要明學術》等數篇文。李道載／玄光（Lý Đạo Tái／Huyền Quang, 1254 年～1334 年）著有《諸品經》、《公文集》、《釋科教》、《玉鞭集》（據《三祖實錄・祖家實錄》，他的作文數量頗多，在此集中約有 1000 首漢詩），可惜這些作品已經遺失，目前在黎貴惇《全越詩錄》和裴輝璧《皇越詩選》中留有其 24 首漢詩和一篇喃字賦《詠雲煙寺賦》，這是陳朝現存的喃字文學作品之一。安國寺某僧（生卒不詳）作有一首六言喃字古詩《求超阮表》。阮伯靖（ả guyễn Bá Tĩnh, 1308 年或 1311 年或 1330 年？～1400 年），著有《十三方加減》、《人身賦》（存疑）、《醫論》、《傷寒三十七槌》（或許原漢文為《傷寒各法治列卷下》、《南藥神效》、《國音本草》（不存）、《南藥正本》（黎朝改名為《洪義覺斯醫書》，或許原漢文為《南藥國語賦》、《藥性指南》或許原漢文為《直解指南藥性賦》、《禪宗課虛語錄》（譯喃字），這些作品中存有許多七言絕句詩。

第四為其他文人（道士或其基業不詳）群體創作，共 9 位。許宗道（Hứa Tông Đạo，生卒不詳），生前已編撰不少道教經典書，但目前僅保留下來一篇《白鶴通聖觀鐘記》。阮子成（ả guyễn Tử Thành，生卒不詳），在《全越詩錄》中存有其 11 首漢詩。同彥翃（Đồng ả gạn Hoằng，生卒不詳），在《越音詩集》中留有一首七言八句漢詩《和范峽石韻》。陳公瑾（Trần Công Cẩn，生卒不詳），在《全越詩錄》和《群賢賦集》中存有兩首七言絕句漢詩《春日遊山寺》及《蟠溪釣璜賦》。阮汝弼（ả guyễn ả hữ Bật，生卒不詳），在《群賢賦集》中留有一篇《觀周樂賦》。阮法（ả guyễn Pháp，生卒不詳），在《群賢賦集》中留有一篇《勤政樓賦》。黎廉（Lê Liêm，生卒不詳）在《全越詩錄》中保留一首七言絕句漢詩《武林洞》。陳雷（Trần Lôi，生卒不詳）在《全越詩錄》中保留一首五言絕句漢詩《過封溪》。阮伯聰（ả guyễn Bá Thông，生卒不詳）在《群賢賦集》中留存一篇《天興鎮賦》。

此外，還有許多由陳朝佚名作者所撰的有價值作品，諸如《越史略》，原名為《大越史略》、《湯盤賦》、《董狐筆賦》、《興福寺碑》、《贈義川公・二首》等等。

從上面的統計數據揭示，作家作品的數量和內容乃至體裁體系（形式）在從李朝轉到陳朝均已有所改變，走向增加數量和高精度發展的方向。關於體裁方面，如果在李朝時期主要是詩偈（禪詩、讖緯詩）、詞曲、表文、詔文、銘文、碑記、語錄等漢詩文體裁，那麼到陳朝時期還出現了更多文體形式，諸如抒情詩、敘事詩、賦文、頌古、檄文、史記、靈怪故事、宗教論說、等等。在陳朝諸多文體中，詩體是非常發達的，特別是五言詩體、七言詩體，幾乎佔據漢詩作的絕大多數。關於詩作內容方面，主要表達的為對王國故土的熱愛、對佛教哲學（或哲理）的品味，以及關於天地自然、塵世生活等題材（這些基本內容將詳細地呈現於本章的第二節）。這樣，上述作品的相繼紛呈，標誌著越南古代詩文的整個歷史進程中的不斷形成和發展，其走過了從發端到興盛的過程。

四、小結

陳朝取代李朝後，佛教仍繼續發展，全盛的頂峰是形成了竹林安子禪派。在早期階段，陳朝民眾在崇拜佛教的態度並不減輕，以及李朝的諸帝王對佛教亦特別重視。先從陳朝開國皇帝陳太宗開始，然後到陳聖宗、陳仁宗、陳明宗、慧忠上士等宗室，均為佛教之信徒，甚至其中有位出家修行。然而，於陳朝末期，在出現了蛻化變質的僧侶分子的背景下，同時儒教在這一時期已逐漸確立了其在政治舞臺上的地位。此時，儒士們不僅承擔著為封建制度的管轄政權而進行培訓人力資源的任務，而且還出力與佛教進行更強硬的鬥爭，以發揮其在社會中的作用。這可把陳明宗和陳憲宗時代的張漢超的場合為例，他曾對佛教和道教暗指排斥異端，在《開嚴寺碑記》一篇中，批判說：「像教由設，乃浮屠氏度人方便。蓋欲使愚而無知，迷而不悟者，即此以為回向白業地。乃其徒人之狡獪者，殊失苦空本意，務占名園佳境，以金碧其居，龍象其眾，當世流俗豪右輩，又徒而回應。故凡天下奧區名土，寺居其半。緇黃皈之，匪耕而食，匪識而衣。匹夫匹婦往往離家室，去鄉里，隨風而靡。……寺廢而興，故非吾意，石立而刻何事吾言？方今聖朝欲暢皇風以救積俗，異端在可黜，正道當復行。為士大夫者非堯舜之道不陳前，非孔孟之道不著述。顧乃區區與佛氏囁嚅，吾將誰欺？」〔註29〕

在陳朝，除張漢超貶斥佛教之外，其他儒士門亦欲黜免佛教日益興盛之地位，便以復興儒教對抗佛門，如黎文休、黎適等人。如果在李時期，佛教在正統思想中起主導作用，那在陳朝的這種主要思想體系被轉交給了儒家思想。儒家知識份子在社會生活的一些重要領域取代僧士，尤其是在政權管轄的領域中。儒教儘管取得了如此顯著的進步，

〔註29〕〔越〕文學院：《李陳詩文》（第二集），河內：社會科學出版社，1988年，第746頁。

然而在這一階段中的學術、思想、文化等幾個方面，佛教仍佔有較為重要之地位，其中特別是在撰寫文章方面。這時候，僧士們幾乎都退出了政治生活，但仍在鄉村中繼續發展。明顯的是，在這一時期中，沒有任何宗教思想可以獨佔或支配著整個陳朝社會，而三教思想被國家主導融合之後，促成了和諧社會的發展。

在詩文方面，統計調查的結果表明，陳朝的作者和作品的數量皆已增加。這一時期的文體形式包括：詩歌作品有、說理詩（推理詩）、抒情詩、敘事詩；駢文作品有賦文、檄文、告文、制文、表文等；散文作品有評論文、書簡文、雜文（主要是佛教論說類）等；故事作品有靈怪故事、史、碑、記等。這一時期的一些作家已留下了一大批相當大數量之作品。佛教詩文的最多部分有陳仁宗，共約 60 篇（首）詩文作品、慧忠上士，共約 50 篇（首）詩文作品、陳仁宗，共約 36 篇（首）詩文作品；儒教詩文作家有范師孟，共約 40 餘首（篇）詩文作品；陳元旦，共約 50 餘首漢文作品；阮飛卿，共約 78 首（篇）詩文作品，范汝翼，共約 40 餘首漢文作品、阮忠彥，共約 83 首漢文作品等等。這一時期的各種文體中，漢詩數量居多，其中可見七言詩體形式是占主導地位的。概言之，正如越南學者阮公理（1954～）所認為的那樣，陳朝的所有文體形式，以及李朝的文體形式，幾乎都是從中國各種文體形式中借鑒而來的，其中包括了韻文、駢文和散文。韻文借用了中國的古體詩（古詩、古風）、唐律詩（唐代格律詩，亦稱近體詩），以及詞、曲、歌、頌、贊、銘等各種文體。駢文則以字句兩兩相對而成，其以雙句為主，並講究對仗之工整及聲律之鏗鏘，借用了中華的檄、賦、告等各種文體；散文則借用了中華的詔、制、表、奏、序、跋、碑記、史記、論說、故事等各種文體。當借用來創作之時，作家們已嚴格遵守帶有其規範性的各種文體之要求。〔註 30〕

〔註 30〕〔越〕阮公理：《李陳佛教文學——面貌與特點》，胡志明：胡志明市國家大學出版社，2003 年，第 72 頁。

第二節　陳朝漢詩稟承唐詩的影響

陳朝漢詩創作在內容和形式方面繼續發展和完善。雖然在陳朝出現了一些相當完整的國語字漢喃作品，體現了大越民族本土化創作之意志，但這一時期的文學創作，總體上還是繼續受到中國古典文學的深刻影響，其中最突出的是詩歌方面，當時越南文人將中國詩詞的各種體裁，都看作是最高的審美標準。對中國古典詩歌的意趣追求，尤其是唐詩體，反映在越南漢詩創作的多個側面。如依照唐朝近體詩、古風詩的要求進行創作，再如將唐朝絕佳詩句摘入自己的詩作，這樣的直接抄摘唐詩，容易使後來的學者產生困惑，不知還有哪些越南漢詩，實際上是抄自唐詩的。當然，實際上陳朝漢詩不僅受到唐詩影響，而且還受到整個中國古典詩歌的影響。陳朝漢詩中的用典，大部分都來自中國古籍。從當時地緣政治與歷史發展的角度看，越南也像日本、朝鮮（韓國）等東亞國家一樣，接受中國古典詩歌的影響是理所當然的。然而，如何將這種接受分析清楚，並不是容易的。筆者在本節中將集中闡述陳朝漢詩如何稟受唐詩，圍繞著陳朝漢詩對唐詩體裁的仿效、對唐詩句詞的借用、陳朝漢詩中的唐朝文人形象等三個主要受容方面進行辨析。

一、陳朝漢詩對唐詩體裁的仿效

陳朝漢詩對唐朝詩歌體裁的成功仿製，大體上是熟練掌握了漢語辭彙、句法、語調的規則或詩歌的其他結構。在此小標題中，筆者按照詩句中的字數、詩首中的句數、聲調（平、仄）、韻調（腰韻、腳韻）、節律（分為節拍、節奏、單位拍，具體是五言、七言等詩體）等方面特徵，來確定陳朝漢詩是否模仿了唐詩體，其接受之範圍（接受全部還是接受部分）有多大。

有一點需要注意的是，唐詩不僅有依照唐律（嚴格規律／格律）來寫成的詩，還有較為自由的古風詩體。在唐代出現的所有詩歌，被統稱為唐詩，換言之，唐詩即指唐朝詩人的所有詩作，其中當然包括古體詩在內，即是包含唐代以前的詩體。關於此問題，在《漢語詩律學》（上）中，王力先生（1900 年～1986 年）曾說明：「古體詩又叫做古風。自從唐代近體詩產生之後，詩人們仍舊不放棄古代的形式，有些詩篇並不依照近體詩的平仄、對仗和語法，卻模仿古人那種較少拘束的詩。」〔註 31〕固然，鑒別早期的古風詩體與唐代古風詩體，兩者間還是有著一些差異的。王力先生還指出：「古風雖是模仿古詩的東西，然而從各個方面看來，唐宋以後的古風畢竟大多數不能和六朝以前的古風相比，因為是人們受近體詩的影響既深，做起古風來，總不免潛意識地摻雜著多少近體詩的平仄、對仗或語法。」〔註 32〕讀者很容易看出，越南漢詩乃至陳朝漢詩，都稟承著唐詩的長期影響。陳朝漢詩大量模仿唐律詩體，本節主要集中在對唐律詩（格律詩也稱近體詩）模仿的分析，並研判其模仿的效果。

以上對陳朝漢詩文存留的統計表明，偈、頌、銘、喃字詩等各種詩體數量達到共約 778 首——有着從四言到雜言，從短篇（二句詩）到長篇（二十九句詩）等眾多不同類別。其中主要是五言（五言絕句共約 36 首、五言八句共約 32 首、其他五言詩共約 9 首）與七言（七言絕句共約 261 首，七言八句共約 333 首，其他七言詩共約 12 首）兩種詩體，但最值得注意的是符合唐律的七言詩體或稱為近體詩。不難發現陳朝的詩歌體裁幾近完整地模仿了唐代的近體詩。下面將陳朝漢詩創作中的五絕、五律、七絕和七律四種漢詩體依次舉例，加以剖析講評。

首先，試舉李道載／玄光（Lý Đạo Tái／Huyền Quang, 1254 年～1334 年）的五言絕句體漢詩《午睡》：

〔註 31〕王力：《漢語詩律學》（上），北京：中華書局，2015 年（2016 重印），第 327 頁。

〔註 32〕王力：《漢語詩律學》（上），北京：中華書局，2015 年（2016 重印），第 327 頁。

雨過溪山淨，楓林一夢涼。

反觀塵世界，開眼醉茫茫。

Vũ quá khê sơn tịnh, phong lâm nhất mộng lương.

Phản quan trần thế giới, khai nhãn túy mang mang.〔註 33〕

李道載，越南陳朝河北省嘉定縣北江路南策州萬載鄉人。他善於詩文，習舉子業，二十一歲年則登科三教狀元（考取進士科），並被選入翰林院裏，但後道載不受官，而乞回山修持，隨抱璞禪師受戒於瓊林寺，後被承傳成為竹林禪派的第三位祖。道載創作了較多的詩文和佛學書籍。在詩歌方面，現留有 25 首（篇）漢文詩賦，其中 1 首五言絕句、1 首五言八句、21 首七言絕句、1 首七言律詩和一篇喃字賦《詠雲煙寺賦》。可見他的詩作以七絕體為多。《午睡》就是嚴格按照五絕體格律寫成的，其平仄格式如下：

仄仄平平仄，平平仄仄平。

仄平平仄仄，平仄仄平平。

這是近體詩中基本的平仄聲押韻格式。每一聯上下句平仄相對，字數整齊。上下聯位置上的第二字皆為平聲，即上一聯中的「林」字，與下一聯中的「觀」字皆平聲，符合律詩「黏」的要求。正如蔣紹愚《唐詩語言研究》書中言：「所謂『黏』，指的是上一聯對句中的第二字要與下一聯出句中的第二字平仄相同。」〔註 34〕關於五言近體詩的詞語節奏，有「二二一」、「二一二」、「一一二」、「一三一」、「三二」、「二三」、「四一」、「一四」等多種。此詩節奏為「二三」式：雨過——溪山淨／楓林——一夢涼／反觀——塵世界／開眼——醉茫茫。這樣的平仄相間及徐徐節奏，把讀者引入半實半虛、清新空氣、廣闊天地的大自然景觀。一陣雨過後，天空變得清澈，山巒溪澗變得潔淨。詩人似乎在楓林間睡了一場好覺，四周皆是清涼。然而這僅僅是一場夢，醒來後的詩人思緒

〔註 33〕〔越〕文學院：《李陳詩文》（第二集），河內：社會科學出版社，1988 年，第 682 頁。

〔註 34〕蔣紹愚：《唐詩語言研究》，北京：語文出版社，2008 年，第 34 頁。

迷糊，四周霧氣茫然。與清涼的大自然相比，他覺得俗世人間實在是灰暗而骯髒的。這首詩表現出詩人身居塵世而思緒拔俗的複雜性，坦露出僧人的自在遙遠，又表露出對塵世混濁的擔憂。正如《李陳詩文》（第二集）所斷定的那樣：「也許在他裏的詩人之人比他裏的宗教之人更明晰。」〔註 35〕又認為「玄光是一位僧人，同時也是一位陳朝著名的詩人。他的詩作抒情性非常濃郁。」〔註 36〕

與上面相似的五言絕句基本句式，在《李陳詩文》（第二集和第三集）中，還可以找到許多。比如陳昑——竹林禪派第一祖，舉其三首：一《春日謁昭陵》：「貔虎千門肅／衣冠七品通／白頭軍士在／往往說元豐。」〔註 37〕二《春曉》：「睡起啟窗扉／不知春已歸／一雙白蝴蝶／拍拍趁花飛。」〔註 38〕三《洞天湖上》：「洞天湖上景／花草減春容／上帝憐岑寂／太清時一鐘。」〔註 39〕同堅剛——竹林禪派第二祖的《入俗戀青山》：「疏瘦窮秋水／巉岩落照中／昂頭看不盡／來路又重重。」〔註 40〕陳元旦的《題玄天觀》：「白日升天易／致君堯舜難／塵埃六十載／回首愧黃冠。」〔註 41〕陳廷琛的《題秋江送別圖》：「江樹晴更濃／江波綠未已／離思浩難收／滔滔寄江水。」〔註 42〕這些漢詩

〔註 35〕〔越〕文學院：《李陳詩文》（第二集），河內：社會科學出版社，1988年，第 680 頁。

〔註 36〕〔越〕文學院：《李陳詩文》（第二集），河內：社會科學出版社，1988年，第 680 頁。

〔註 37〕〔越〕文學院：《李陳詩文》（第二集），河內：社會科學出版社，1988年，第 452 頁。

〔註 38〕〔越〕文學院：《李陳詩文》（第二集），河內：社會科學出版社，1988年，第 453 頁。

〔註 39〕〔越〕文學院：《李陳詩文》（第二集），河內：社會科學出版社，1988年，第 455 頁。

〔註 40〕〔越〕文學院：《李陳詩文》（第二集），河內：社會科學出版社，1988年，第 646 頁。

〔註 41〕〔越〕文學院：《李陳詩文》（第三集），河內：社會科學出版社，1978年，第 207 頁。

〔註 42〕〔越〕文學院：《李陳詩文》（第三集），河內：社會科學出版社，1978年，第 232 頁。

的韻律雖不像李道載《午睡》那麼標準，但基於五言律詩「一三不論，二四分明」原則，並基於近體詩每聯上下句平仄聲押韻之法，可以認定陳朝五絕詩創作基本上遵循了唐代近體詩的格律要求。

其次，看阮昶撰寫的一首五律體詩，《宿鷲上人禪房》曰：

名山登已遍，小住白蓮宮。Danh sơn đăng dĩ biến, tiểu trú Bạch Liên cung.

有客從遊熟，談詩信宿同。Hữu khách tùng du thục, đàm thi tín túc đồng.

殊無蔬筍氣，相隔馬牛風。Thù vô sơ duẩn khí, tương cách mã ngưu phong.

塵土明朝路，回頭謁遠公。Trần thổ minh triêu lộ, hồi đầu yết viễn công.〔註 43〕

阮昶，生卒和原籍皆不詳，號適寮。僅知他與陳光朝（1286 年～1325 年）、阮億（生卒不詳）、阮忠彥（1289 年～1368 年）等人同時代。他現存的 16 首漢詩中，有寫給陳光朝的 5 首漢詩，表明倆人是最好的朋友。此外，阮昶還有一位知音契友是僧人，他曾在這位「上人」（僧人，其名「鷲」）的「禪房」睡覺。這首「宿鷲上人禪房」五律詩的平仄格式如下：

平平平仄仄，仄仄仄平平。

仄仄平平仄，平平仄仄平。

平平平仄仄，平仄仄平平。

平仄平平仄，平平仄仄平。

阮昶對唐詩格律的技巧手法已經相當成熟老練。第一聯和第二聯上下句的平仄相對而整齊。在第三聯中第五句的第一字（「殊」）該仄而用了平聲字。同樣，第四聯中第七句的第一字（「塵」），該用仄聲卻用了平聲。然而，若據「一三不論」的口訣，這首漢詩的平仄句式是可以接受

〔註 43〕〔越〕文學院：《李陳詩文》（第二集），河內：社會科學出版社，1988 年，第 762 頁。

的。此外，對此詩的每一聯（首聯、頷聯、頸聯和尾聯）中的句末用字，詩人頗為講究韻腳（句末押韻的字），具體是「宮」（ong）、「同」（ong，）、「風」（eng）、「公」（ong）這些具有相同韻母的同韻部字。這些字的韻母若譯成越漢音，則依次相當於「ung」、「ong」、「ong」、「ong」，形成與越南語發音協調的複合韻母。由此可見，此詩中第二、四、六、八句子的末一字之韻母，無論是漢文還是越文，皆擁有韻母相同或相近之字。這首漢文詩不僅呈現了相當高妙的格律結構，而且用典手法也很巧妙。比如「白蓮宮」中的「白蓮」一詞，來源於「白蓮社」，非如有些編者所解釋的是一個「村鎮之名」。〔註 44〕相傳白蓮社由高僧慧遠在廬山東林寺與慧永、慧持、劉遺民、雷次宗等人共同創建，以精修佛國淨土法門。此詩中的「白蓮宮」，是指「鶖上人」的禪房——集合眾多高賢大士居住之所。「蔬筍氣」詞語，也曾出現在宋代蘇東坡的詩作中，其《贈詩僧道通》七律詩寫道：「語帶煙霞從古少，氣含蔬筍到公無。」〔註 45〕就是說淡薄、寒素的生活中反而能培育出超塵拔俗的神態風度。「馬牛風」詞語出於《尚書・費誓》：「馬牛其風。」〔註 46〕北宋文學家蘇轍（1039 年～1112 年）在《汝南示三子》一詩中亦用到該語：「飲食粗便魚稻足，音塵不隔馬牛風。」〔註 47〕這是指相距甚遠，形容人以群居，話不投機半句多的狀況。在前六句詩中，在一位高僧的房間裏過夜，詩人與一位熟悉同遊的朋友饒有興致地分享了詩歌。在山林禪房中，一切都是純潔而鮮活的。但結尾兩句卻好像詩人被喚醒，因為明天要下山，回到充滿煙霧、「塵土」的現實生活中。在這個「漂洋過海」人生路程中，詩人認為他會永遠記住這個地方，包括「遠公」——即高

〔註 44〕〔越〕文學院：《李陳詩文》（第二集），河內：社會科學出版社，1988 年，第 763 頁。

〔註 45〕蘇東坡著、毛德富等主編：《蘇東坡全集》（卷二十五），北京：北京燕山出版社出版，1998 年，第 1373 頁。

〔註 46〕徐奇堂譯注：《尚書》，廣州：廣州出版社，2001 年（2004 重印），第 226 頁。

〔註 47〕余冠英等主編：《唐宋八大家全集・蘇轍集》（下），北京：國際文化出版公司，1997 年，第 803 頁。

僧惠遠，代指「鷺上人」，顯得餘情繚繞。

陳朝漢詩中的五言七句佳作頗多，這裏再舉數例，如陳光朝的二首，一《題嘉林寺》：「心灰蝸角夢／步履到禪堂／春晚花容薄／林幽蟬韻長／雨收天一碧／池淨月分涼／客去僧無語／松花滿地香。」〔註 48〕二《歸舟即事》：「桅遇念殊輕／歸心夢自榮／鳥啼煙樹沒／帆帶夕陽行／秋削山容瘦／潮開水鑒明／醉翁渾未醒／紅葉滿江城。」〔註 49〕；范遇的《至靈道中》：「野趣跋還涉／山行雨欲晴／幽花垂帽重／空翠著衣輕／坐石逢僧話／看雲了世情／因貪幽興極／歸路月東明。」〔註 50〕范邁的《北使偶成》：「野館曾經宿／吟鞭故少留／白雲當戶曉／黃葉滿林秋／斷雁稀家信／啼猿自客愁／此生休更問／行止任悠悠。」〔註 51〕莫挺之的《喜晴》：「好景明人眼／江山正豁然／煙籠初出日／波漾嫩晴天／岸柳垂金節／汀花撲畫船／淒涼寬放思／和暖喜新年。」〔註 52〕等等。

再次，以陳旿按照唐詩格律寫成的七絕體《山房漫興二首》為例，展示陳朝漢詩人的詩作成就：

其一：誰縛更將求解脫，Thùy phọc cánh tương cầu giải thoát,

不凡何必覓神仙。Bất phàm hà tất mịch thần tiên.

猿閑馬倦人應老，Viên nhàn mã quyện nhân ưng lão,

依舊雲莊一榻禪。Y cựu vân trang nhất tháp thiền.

其二：是非念逐朝花落，Thị phi niệm trục triêu hoa lạc,

名利心隨夜雨寒。Danh lợi tâm tùy dạ vũ hàn.

〔註 48〕〔越〕文學院：《李陳詩文》（第二集），河內：社會科學出版社，1988 年，第 614 頁。

〔註 49〕〔越〕文學院：《李陳詩文》（第二集），河內：社會科學出版社，1988 年，第 616 頁。

〔註 50〕〔越〕文學院：《李陳詩文》（第二集），河內：社會科學出版社，1988 年，第 825 頁。

〔註 51〕〔越〕文學院：《李陳詩文》（第二集），河內：社會科學出版社，1988 年，第 833 頁。

〔註 52〕〔越〕文學院：《李陳詩文》（第二集），河內：社會科學出版社，1988 年，第 851 頁。

花盡雨晴山寂寂，Hoa tận vũ tình sơn tịch tịch,

一聲啼鳥又春殘。ả hất thanh đế điểu hựu xuân tàn.〔註 53〕

陳吟，有佛金、日尊、仁宗（謚號）等眾多名稱，今人常稱為陳仁宗。其事蹟生涯，《大越史記全書》有詳載：「仁宗皇帝諱昑，聖宗長子，母元聖天感皇太后。以元豐八年戊午十一月十一日誕生。得聖人之精，道貌之粹，紫磨凝色，體質渾金，神氣光彩。兩宮奇之，命曰金仙童子。左肩上有黑痣，故能擔當大事焉。在位十四年，遜位五年，出家八年。壽五十一歲，崩於安子山臥雲庵，歸葬德陵。帝仁慈和易，固結民心。重興事業，有光前古，真陳家之賢君也。然遊心釋典，雖曰超詣，而非聖人中庸之道也。」〔註 54〕在越南古代史中，陳吟是一位愛國和英雄的王國。他曾與父王陳聖宗率領朝廷軍隊及民眾義軍，於 1285 年和 1288 年兩次擊潰元蒙南侵的「五十萬敵軍」，其馳名戰功彪炳於大越民族榮譽史頁。〔註 55〕此外，其征戰西方和南方的戰役，也取得了關鍵的勝利，鞏固和擴大加強了陳朝國的邊疆。在位期間，他建立了從王室到民眾的團結政策，實施「寬民力」的措施，通過科舉考試招募選拔治國人才，以補充世襲（或承籍）制度之不足。這種選拔官員的做法，實際上具備了民主意識。在其統治期間，有兩屆著名的會議被記錄於越南史冊，那就是平灘將領會議和延洪會議，這兩次會議的目的是討論抵抗入侵的計畫。〔註 56〕陳吟還是一位才華橫溢、具有鮮明風格的詩人。據現存資料，他是第一個用越南喃字來創作《得趣林泉成道歌》、《居塵樂道賦》等國語作品的詩人；又是越南陳朝佛教竹林禪派的創始人。他一生創作了多種著作，其中含有越南語喃字的作品。但至今僅存漢詩 31 首詩、兩對

〔註 53〕〔越〕文學院：《李陳詩文》（第二集），河內：社會科學出版社，1988 年，第 469 頁。

〔註 54〕〔越〕吳士連撰：《大越史記全書》（第一冊），孫曉主編（標點校勘），重慶：西南師範大學出版社；北京：人民出版社，2015 年，第 286 頁。

〔註 55〕〔越〕文學院：《李陳詩文》（第二集），河內：社會科學出版社，1988 年，第 451 頁。

〔註 56〕參閱〔越〕文學院：《李陳詩文》（第二集），河內：社會科學出版社，1988 年，第 451 頁。

句詩、一首銘、一首贊，而「山房漫興二首」就是其代表作之一。

這兩首漢詩以七言絕句體寫就，皆是首句不入韻式。其平仄格式分別如下：

其一：平仄仄平平仄仄，仄平平仄仄平平。
　　　平平仄仄平平仄，平仄平平仄仄平。

其二：仄平仄仄平平仄，平仄平平仄仄平。
　　　平仄仄平平仄仄，仄平平仄仄平平。

在標準格式上，第一首應是平起式；第二首是仄起式。按照這種格式規定可以看出，在其一第四句的第一字，宜仄聲而詩人用了平聲字，然而據相傳兩句口訣「一三五不論；二四六分明。」律詩一三五字不拘平仄，在漢詩創作中是可以接受的。這兩首漢詩的押韻（韻腳），其一的第二句末字「仙」用韻母為「ian」（對應越語的漢越音為「ien」），第四句末字「禪」用韻母為「an」（對應於越語的漢越音亦為「ien」）；與此類似的，在其二的第二句末字「寒」用韻母為「an」（對應越語種的漢越音亦為「an」），第四句末字「殘」用韻母為「an」（對應越語種的漢越音亦為「an」）。絕句格律一般規定第一句、第二句和第四句的末字用同韻部字，也就是用字韻母相同或鄰近，這樣可使全詩聲調和諧優美。但是，也有一些絕句只有第二句和第四句的末字韻母相同或相近。這樣看的話，上述李朝漢詩人所押的詩韻，也可基本符合唐詩用韻的標準。

在內容表達方面，《山房漫興其一》認為人之所以被隸屬被束縛，是因為其自討苦吃，最終沒有別人能羈絆自我。每個人天生就固有著「不凡」，固有著自性清淨，故此不必去尋找外在的「神仙」或追求解脫。一切皆隨順自然之理，這就像《居塵樂道賦》第十會（共十會）的一首偈中所云：「居塵樂道且隨緣，饑則飧兮困則眠。家中有寶休尋覓，對鏡無心莫問禪。」〔註 57〕陳吟認為覺悟體性原來存於每人心中，為

〔註 57〕〔越〕文學院：《李陳詩文》（第二集），河內：社會科學出版社，1988 年，第 504 頁。

實現其覺悟自性，則必須效法「不追求」的方法，即是不對象化、具體化而「覺悟自性」。生活應愉快地互相合作，隨著天人之道，順著自然之理。不必要悔恨過去，也不必要等待未來。人生想要追求的對象不外是幸福安樂，而幸福安樂不在過去和未來，而是在當下時刻中。《山房漫興其二》所表現得，是從《山房漫興其一》而來的認識結果。一旦發現自己想要追求的，本來就已存於自身之中，那麼所有的煩惱就會消除。「是非」的意念亦如「朝花」（早晨的花朵）漸漸消逝，詩人的「名利心」隨著一陣冷雨而緩緩流轉、付諸東流。雨盡花落之後，山上的景色變得清靜。在那個安靜的空間裏，詩人聽到了鳥兒的鳴叫聲音，就像預示另一個春天即將凋殘，這正是一切萬物的生住異滅（發生、存續、變化、消滅四相）之規律（或必須過程）——一個使詩人以及每個人皆需要面對思考的現實人生。這種思考感悟，此助於人們活得更加有用、更有意義。

另外，有一點需要特別注意的是，無論是五言律詩還是七言律詩，首句可以入韻，也可以不入韻。陳朝的七言律詩漢詩創作，首句入韻是較為常見的，以下以陳奣（陳明宗）的漢詩《義安行殿》為例加以分析：

生民一視我胞同，Sinh dân nhất thị ngã bào đồng,

四海何心使困窮。Tứ hải hà tâm sử khốn cùng.

蕭相不知高祖意，Tiêu tướng bất tri Cao Tổ ý,

未央虛費潤青紅。Vị Ương hư phí nhuận thanh hồng.〔註 58〕

陳奣是陳朝第五代君主。關於他的詩歌，現存留有 27 首漢詩。陳奣的詩作反映了他的真實思想、情感和生性，其基本風格被認為是慷慨、曠蕩的，而其筆法又被認為是簡樸、自然和細膩的。陳奣詩中表現出了各種不同的色彩，有著多種主題，表明詩人飽含愛民之心。這首七絕就是一個典型的例子。

〔註 58〕〔越〕文學院：《李陳詩文》（第二集），河內：社會科學出版社，1988 年，第 787 頁。

這首《義安行殿》以平起式寫出，是首句入韻（如果首句不入韻，就為「平平仄仄平平仄」），其平仄格式如下：

平平仄仄仄平平，仄仄平平仄仄平。

平仄仄平平仄仄，仄平平仄仄平平。

這是唐代近體詩七絕格律中常見的平仄格式。此詩第一聯、第二聯的上下句平仄皆相對，合乎平仄格式。在押韻上也合於七絕韻律的標準。具體是，此七言絕句的第一句的末字（「同」tóng 的韻母是 ong，相當於漢越音是 ong）、第二句的末字（「窮」的韻母是 iong，相當於漢越音是 ung）和第四句的末字（「紅」的韻母是 ong，相當於漢越音是 ong），均是同韻部字。從《越音詩集》記載得知，陳奣在義安（亦稱宜安，為越南中部省份之一）巡狩時創作了此詩。作者對義安行殿（行宮）建造工程筆伐。詩中他提到了蕭何（西元前 257 年～前 193 年）——一位劉邦（漢高祖）時代之丞相。這位相國曾為漢高祖在咸陽營建奢華輝煌的未央宮，但漢高祖覺得修建這所大宮殿太奢華，因而震怒而訓斥蕭何，指責蕭何這樣做會引起人民的強烈不滿。〔註 59〕詩人借用了這個典故，其表述富有深意，可以理解為直接訓責義安行殿建築工程的浪費。因此，這首漢詩表達了陳朝君王對百姓大眾的關心和仁愛善意。

陳朝的七絕詩多以首句入韻格式寫出，留存下來的作品中亦有較多佳篇，如阮子成的《幽居》：「砌纈苔班壁縷蝸／東風不管長庭莎／日長睡起渾無事／閑看遊絲抱落花。」〔註 60〕還有《惜春》：「老盡

〔註 59〕原文：「八年，高祖東擊韓王信餘反寇於東垣。蕭丞相營作未央宮，立東闕、北闕、前殿、武庫、太倉。高祖還，見宮闕壯甚，怒，謂蕭何曰：『天下匈匈，苦戰數歲，成敗未可知，是何治宮室過度也？』蕭何曰：『天下方未定，故可因遂就宮室。且夫天子以四海為家，非壯麗無以重威，且無令後世有以加也。』高祖乃悅。」（司馬遷著，鄭紅峰譯：《史記．高祖本紀第八》，北京：光明日報出版社，2015 年，第 118 頁）。

〔註 60〕〔越〕文學院：《李陳詩文》（第三集），河內：社會科學出版社，1978 年，第 18 頁。

鶯聲蝶又殘／花神著意為人慳／清香不入荼靡夢／九十春隨夜雨闌。」〔註 61〕阮億的《齋前盆子蘭花》:「高標曾識楚辭中／一種風光九畹同／天似有情憐寂寞／為留清馥伴吟翁。」〔註 62〕或《送人北行》:「都門回首樹蒼蒼／立馬頻斟勸〔註 63〕客觴／一段離情禁不得／津頭折柳又斜陽。」〔註 64〕，等等。

再看陳朝的七律詩，阮億的《秋夜與故人朱何話舊》:

秋來偶傍菊花叢，Thu lai ngẫu bạng cúc hoa tùng,

一室芝蘭臭味同。ả hất thất chi lan xú vị đồng.

世事泛論燈影外，Thế sự phiếm luân đăng ảnh ngoại, 〔註 65〕

交情深寄酒杯中。Giao tình thâm ký tửu bôi trung.

幾莖白髮時將晚，Kỷ hành bạch phát thời tương vãn,

萬里青雲信未通。Vạn lý thanh vân tín vị thông.

獨對不來今夕夢，Độc đối bất lai kim tịch mộng,

西風吹雨落梧桐。Tây phong xuy vũ lạc ngô đồng. 〔註 66〕

阮億，號蘭齋，生卒年、籍貫皆不詳。陳朝陳明宗時，在翰林院任職，與文惠王陳光朝（另有無山翁、菊堂主人等號，1287 年～1325 年）友

〔註 61〕〔越〕文學院:《李陳詩文》(第三集)，河內：社會科學出版社，1978 年，第 20 頁。

〔註 62〕〔越〕文學院:《李陳詩文》(第三集)，河內：社會科學出版社，1978 年，第 31 頁。

〔註 63〕文學院手寫為「勤」字（見〔越〕文學院:《李陳詩文》(第三集)，河內：社會科學出版社，1978 年，第 32 頁）；然而，筆者認為應為「勸」字才是正確的。

〔註 64〕〔越〕文學院:《李陳詩文》(第三集)，河內：社會科學出版社，1978 年，第 32 頁。

〔註 65〕常見此字的漢越音為「luận」，但在文學院《李陳詩文》(第三集)，河內：社會科學出版社，1978 年，第 38 頁中則譯為「luân」。越南漢喃詞典亦如此翻譯，拿此詩第二聯中上下句對照，筆者覺得漢越音「luân」是最妥當的。

〔註 66〕〔越〕文學院:《李陳詩文》(第三集)，河內：社會科學出版社，1978 年，第 38 頁。

善，曾參加於瓊林區域（今廣寧省東朝縣）的碧洞詩社。據越南文學院《李陳詩文》（第三集）附注，此碧洞詩社的宗旨是讚美大自然、閒情逸致，並批判世俗官僚、酒色財氣、競求習慣等惡性。阮億現存20首漢詩，載於《全越詩錄》，全都是七言體詩，其中半數以上是七言律詩。這首《秋夜與故人朱何話舊》的格律、詞語等，最符合於唐七律體的基本標準。此詩首句平起入韻（如果首句不入韻，就應為「平平仄仄平平仄」），以下是其平仄格式：

平平仄仄仄平平，仄仄平平仄仄平。

仄仄仄平平仄仄，平平平仄仄平平。

仄平仄仄平平仄，仄仄平平仄仄平。

仄仄仄平平仄仄，平平平仄仄平平。

不難看出這首的平仄韻律句式，完全符合七律詩的標準規則。如詩人在第五句的第一字用平韻而不用仄韻，則更精彩。當然，根據「一三五不論」口訣，這首詩還是表露出了成熟老練。這種老練不僅表現於每一聯中上下句平仄韻律相對，而且在第一句末（「叢」的韻母是iong，漢越音是ung）、第二句末（「同」的韻母是ong，漢越音也是ong）、第四句末（「中」的韻母是ong，漢越音也是ong）、第六句末（「通」的韻母是ong，漢越音也是ong）和第八句末（「桐」的韻母是ong，漢越音也是ong）押韻方面也表現出了和諧優美。這樣熟練的程度，與中原律詩相比，可以說沒有太大的差別，甚至可與唐詩相媲美。就像漢學家黎貴惇在《見聞小錄・篇章》中所言：「本朝國李陳二代正當上國宋元間，風氣淳和人才英偉，文章氣格不異中州。」〔註67〕或像元朝出使安南尚書張顯卿（張立道）作詩所讚：「遙坐蒼煙鎖暮霞，市朝人遠隔喧嘩。孤虛庭院無多所，盛茂園林只一家。南注雄津天漢水，東開高樹木棉花安。安南雖小文章在，未可輕談井底蛙。」〔註68〕

〔註67〕〔越〕黎貴惇著，范仲恬譯注：《見聞小錄》，河內：通訊文化出版社，2007年，第192頁。

〔註68〕〔越〕黎崱著：《安南志略》，武尚清點校，北京：中華書局，2000年，

除了運用七律詩的精妙語言藝術，詩人還借用中華典故「芝蘭之室」中的「芝蘭」這個詞，來暗指如果與廉潔優良的友人交往，就好像進入一個充滿香味的房子，久而久之被蘭花的芳香同化，因而聞不到香味了。〔註69〕這也表現出像「近朱者赤，近墨者黑」格言的意義。這整首詩提到與一位名叫朱何的故友不期而遇，兩人曾在陳光朝的帶領下一同工作。他們再次相遇時，可能已至老年，頭髮花白。他們相遇在一處暗淡的空間，夜已深，在搖晃欲滅的燈光下，他們把盞暢談，醉後繼續回憶往事，重新體驗到昔日的狂熱和難忘的經歷。這與窗外西風呼嘯、細雨連綿、梧桐枯葉飄零，形成了鮮明的對照，人生的種種無奈，令人唏噓。

二、陳朝漢詩對唐詩句詞的借用

律詩的結構及其黏對規則極為嚴格，諸如數字固定、講究平仄、講究對仗、用韻嚴格等，形成了一種嚴謹、簡練而充滿象徵意味的格律詩。唐詩最突出的特徵就是格律嚴謹（如數字、句數、平仄、押韻等數方面的格式和規則），因有格律而形成工整、典雅、獨特的詩作風格。所以詩人創作須花工夫、精選詞語、運思精巧、細緻考察等，藉此披沙揀金，將其情感精髓及神思才學納入詩中，使得唐詩變成最為緊湊簡練而又生機勃勃的藝術表達。唐詩不僅在格律、構思、語言等方面上表現優秀，而且對描寫景物、表達心情等技巧，也達到了詩歌的藝術巔峰。唐詩具有非常高的審美價值，東方藝術特色在唐詩中凝聚。中古時代的越南詩人，尤其在陳朝的漢詩人是非常講究和追求律詩格調的，甚至將之視為往向的完美典範。越南漢詩人對唐詩語言、格律、句式、修辭等方面極為崇拜，在自己吟詩寫詩時，他們往往借用唐詩的意、句、詞等各方面的成功經驗。以下選擇幾個越南漢詩中的典型例子，說

第393頁。

〔註69〕子曰：「與善人居，如入芝蘭之室，久而不聞其香，即與之化矣；與不善人居，如入鮑魚之肆，久而不聞其臭，亦與之化矣。丹之所藏者赤，漆之所藏者黑，是以君子必慎其所處者焉。」（見王肅著，乙力編：《孔子家語·六本》，蘭州：蘭州大學出版社，2004年，第121頁）。

明陳朝漢詩在受容唐詩方面的傑出表現。

陳煚的漢詩《送北使張顯卿》。陳煚（1218 年～1277 年），陳承之次子，母黎氏，「來居天長即墨鄉。生翕，翕生李，李生承，世以漁為業。」〔註 70〕八歲時受李朝祇應局祇候正之職，進侍李昭皇（1218 年～1278 年，李朝末代女帝）。不久於乙酉年臘月十一日（1226 年 1 月 10 日），受昭皇禪讓而登基大位，取號太宗，開創陳朝，「在位三十三年，遜位十九年，壽六十歲」。陳煚性情「寬仁大度，有帝王之量，所以創業垂統，立紀張綱，陳家之制度偉矣。」〔註 71〕陳煚是越南陳朝開國皇帝，對穩定當時社會、結束李朝末年之亂有功，曾於 1257 年成功抵禦蒙古帝國的入侵，〔註 72〕領導越南民族逐步跨進繁盛時期。奠定了科舉制度建立之基礎，開設太學生科（考進士），1247 年又開設狀元、榜眼、探花三魁、開儒佛道三教科試，以及設立國學院、講武堂等，越南的科舉、辦學從此開始得到朝廷重視，可見陳煚對越南教育方面的發展做出了重大貢獻。陳煚的詩文創作，除了具有濃郁宗教色彩儀式的若干懺悔文偈頌，現僅留下充滿世俗色彩的兩首漢詩。《送北使張顯卿》就是其中詩篇之一，詩曰：

顧無瓊報自懷慚，極目江臯意不堪。

馬首秋風吹劍鋏，屋樑落月照書庵。

幕空難駐燕歸北，地暖愁聞雁別南。

此去未知傾蓋日，詩篇聊為當清談。〔註 73〕

在這首七律漢詩中，可以看到從唐詩中借用了至少兩個組詞。一是在

〔註 70〕〔越〕吳士連撰：《大越史記全書》（第一冊），孫曉主編（標點校勘），重慶：西南師範大學出版社；北京：人民出版社，2015 年，第 253 頁。

〔註 71〕〔越〕吳士連撰：《大越史記全書》（第一冊），孫曉主編（標點校勘），重慶：西南師範大學出版社；北京：人民出版社，2015 年，第 253 頁。

〔註 72〕〔越〕文學院：《李陳詩文》（第二集），河內：社會科學出版社，1988 年，第 19 頁。

〔註 73〕〔越〕文學院：《李陳詩文》（第二集），河內：社會科學出版社，1988 年，第 21 頁。

第四句中的「屋樑落月」一詞。唐代大詩人杜甫（712年～770年）在《夢李白二首·其一》詩中寫道：

死別已吞聲，生別常惻惻。
江南瘴癘地，逐（一作遠）客無消息。
故人入我夢，明我長相憶。
恐非平生魂，路遠（一作迷）不可測。
魂來楓葉（一作林青），魂（一作夢）返關塞黑。
君今在羅網，何以（一作似）有羽翼。
落月滿屋樑，猶疑照（一作見）顏色。
水深波浪闊，無使蛟龍得。〔註74〕

陳叟的這首漢詩中，借用了杜甫「落月滿屋樑」詩句的詞組和含意，來表達自己對元代北使張顯卿依依惜別之情，甚為貼切。當見到陳叟的漢詩文采時，當時中原文人也紛紛表露出「震驚和欽佩」的態度。如在與陳朝皇帝酬唱的詩篇中，張顯卿也發出了的「安南雖小文章在，未可輕談井底蛙」的感歎。第二是陳叟此詩第七句的「此去未知」，在唐代詩人劉長卿（約726年～約786年）的《秋杪江亭有作（一作秋杪幹越亭）》中，就能見到同樣的詞語表述：

寂寞江亭下，江楓秋氣斑（一作日暮更愁遠，天涯殊未還）。
世情何處澹，湘水向人閑。
寒渚一孤雁，夕陽千萬山。
扁舟如（一作將）落葉，此去未知還（一作俱在洞庭間）。〔註75〕

陳叟《送北使張顯卿》和劉長卿《秋杪江亭有作》兩詩，皆是在道別之前抒發惜別心情，此一別不知何時才能再相見，因而不捨而傷情。另

〔註74〕彭定求等編：《全唐詩》（第七冊），北京：中華書局，1960年（2015年重印），第2289頁。
〔註75〕彭定求等編：《全唐詩》（第五冊），北京：中華書局，1960年（2015年重印），第1494頁。

外，陳旲還借用「傾蓋」一詞來形容會有某一天雙方在途中相遇，停車攀談相投，車蓋往一同傾斜。這個用詞，描寫得生動形象。「傾蓋」一詞早見於《史記．魯仲連鄒陽列傳第二十三》〔註76〕、《孔子家語．致思第八》〔註77〕等中華典籍中，另在唐代詩人儲光羲（約706年～763年）的《貽袁三拾遺謫作》詩中亦有提及：「傾蓋洛之濱，依然心事親。龍門何以峻，曾是好詞人。」〔註78〕這些詩作中都是在表達戀戀不捨的惜別之情，並祈盼有一天彼此相逢的願望。這樣的漢詩表明，中越使者之間的交情很深，促進了當時兩國達成積極、美好的交往關係。

陳嵩的漢詩《世態虛幻》。陳嵩（1230年～1291年），號慧忠上士。經陳仁宗考訂的《慧忠上士語錄》中記載：「欽明慈善太王之第一子（陳柳），元聖天感皇太后之長兄。初大王薨（1251年），太宗皇帝（感）義之，封興寧王也。」〔註79〕又曰：「少稟質高亮，純懿知名。（上士）器量淵深，風神閒雅。佩觿之歲，酷慕空門。」〔註80〕根據《李陳詩文》（第二集）記載，在1257年～1258年、1285年和1287年～1288年的三次抵禦元蒙大軍的過程中，陳嵩直接參加了帶兵拒敵，奮戰前線。因此在抗戰勝利後，被「賜鎮烘路軍民，兩度北寇犯順，於國有功，累遷海道太平寨節度使。」〔註81〕後來，陳嵩返回淨邦邑，搭建

〔註76〕原文：「諺曰：『有白頭如新，傾蓋如故。』」（譯文：「俗話說：『有的人相處到老，如同新識；有的人偶然相遇，卻一見如故。』」見司馬遷著，鄭紅峰譯：《史記》，北京：光明日報出版社，2015年，第731頁）。

〔註77〕原文：「孔子之郯，遭程子於途，傾蓋而語終日，甚相親。」（譯文：「孔子到郯國去，在道上遇見程子，便停車相靠，和他親密交談了很久，顯得很親近。」見王肅著，乙力編：《孔子家語》，蘭州：蘭州大學出版社，2004年，第53頁）。

〔註78〕彭定求等編：《全唐詩》（第四冊），北京：中華書局，1960年（2015年重印），第1405頁。

〔註79〕仁宗：《陳朝慧忠上士語錄》，收入〔越〕釋清慈：《慧忠上士語錄講解》，胡志明：胡志明市綜合出版社，2008年，第645頁。

〔註80〕仁宗：《陳朝慧忠上士語錄》，收入〔越〕釋清慈：《慧忠上士語錄講解》，胡志明：胡志明市綜合出版社，2008年，第645頁。

〔註81〕仁宗：《陳朝慧忠上士語錄》，收入〔越〕釋清慈：《慧忠上士語錄講解》，胡志明：胡志明市綜合出版社，2008年，第645頁。

養真莊，作為坐禪與修念之處。陳嵩詩作雖甚多，至今存留只有約 50 首漢詩偈頌（即詩中含著偈頌之義、偈頌使用漢詩之體），這些詩作主要被收錄於《慧忠上士語錄》一書中。考察陳嵩詩作，發現其借用了不少唐詩的詩句詞語及詩意典故。試以陳嵩的這首七律詩《世態虛幻》為例看：

衣狗浮雲變態多，悠悠都付夢南柯。

霜容洗夏荷方綻，風色來春梅已花。

西月沉空難複影，東流赴海豈回波。

君看王謝樓前燕，今入尋常百姓家。〔註 82〕

為描述塵世的變化無常、人生許多的難以預料，陳嵩使用了「衣狗浮雲」組詞——這是一種借喻的寫作手法，用來比擬說明人生如浮雲而漂浮無定，如無根之浮萍似的、難於控制。其中，「衣」是指像白紗漂浮空中的白雲；「狗」是指「黑狗」或「蒼狗」，比喻黑雲。這一典故的含意是「浮雲」忽而像「白衣裳」漂浮，忽而又變得像蒼狗般的黑雲翻滾，正如人生變幻無常、無法預知。這裡陳嵩化用了杜甫《可歎》詩中「天上浮雲如（一作似）白衣，斯須改變如蒼狗」這兩句詩。〔註 83〕當然，不只有陳嵩借用杜甫詩中「白衣蒼狗」的比喻，陳朝還有陳昑（陳仁宗）、阮飛卿等人〔註 84〕亦曾借用杜詩之意描述世態炎涼。繼而，陳

〔註 82〕〔越〕文學院：《李陳詩文》（第二集），河內：社會科學出版社，1988 年，第 250 頁。

〔註 83〕彭定求等編：《全唐詩》（第七冊），北京：中華書局，1960 年（2015 年重印），第 2355～2356 頁。

〔註 84〕陳昑在《大覽神光寺》一詩中提到此詞，曰：「神光寺杳興偏幽，撐兔飛鳥天上遊。十二樓臺開畫軸，三千世界入詩眸。俗多變態雲蒼狗，松不知年僧白頭。除卻炷香參佛事，些餘念了總休休。」（見〔越〕文學院：《李陳詩文》（第二集），河內：社會科學出版社，1988 年，第 480 頁）；阮飛卿的《山村感興》：「虛名卅載絆塵羈，一反江山沒是非。殘雪墊巾奇野土，春風晞發大灘磯。夢中往事攘蕉鹿，世上浮雲任狗衣。誰道江村生計薄，桑麻繞屋綠初肥。」（〔越〕文學院：《李陳詩文》（第三集），河內：社會科學出版社，1978 年，第 457 頁）。

嵩又借用唐代李公佐的《南柯太守傳》中的「夢南柯」組詞典故，以描述人生像一場夢，貧富貴賤、得失榮辱，均同樣無常。〔註 85〕詩人不僅借用杜甫《可歎》的詩句比喻、南柯一夢的典故道理，而且還借用唐代詩豪劉禹錫（772 年～842 年）的七絕體詩《烏衣巷》的結句，來作為自己詩中的尾聯，劉詩云：

朱雀橋邊野草花，烏衣巷口夕陽斜。

舊時（一作來）王謝堂前燕，飛入尋常百姓家。〔註 86〕

劉詩中的「王謝」指東晉王導和謝安，兩人皆為六朝時期的巨室丞相，當時無人能比，兩人因而成為後代名門望族的代名詞。到隋唐以後，王謝貴族豪門早已衰敗，他們的子孫大都淪為平民百姓，成為芸芸眾生。陳嵩詩中借用劉禹錫的詩句，生動描寫人世間的滄桑巨變，其寓意是指人生沒有什麼是永恆的，任何榮華富貴最終只如南柯一夢，或如王謝故事，從而一聲長歎，勘破人生功名。

另在其《安定時節》〔註 87〕中「山雲也有出山勢，澗水終無投澗聲」兩詩句，是借用了趙州禪師（778 年～897 年）的「雲有出山勢，水無投澗聲」兩問答句；還有陳嵩《上士語錄》所載《對機》篇中「紅稻啄殘鸚鵡粒，碧梧棲老鳳凰枝」兩詩句〔註 88〕，顯然是摘自杜甫《秋興八首・其八》中的「香稻啄餘鸚鵡粒，碧梧棲老鳳凰枝。」〔註 89〕這是杜甫獨創的著名倒裝詩句，從語意通暢的角度看，似應

〔註 85〕參閱李公佐著，何力改編：《南柯太守傳》，天津：天津人民美術出版社，2008 年，第 1～118 頁。

〔註 86〕彭定求等編：《全唐詩》（第十一冊），北京：中華書局，1960 年（2015 年重印），第 4117 頁。

〔註 87〕原文：「生死由來罷問程，因緣時節自然成。山雲也有出山勢，澗水終無投澗聲。歲歲花隨三月笑，朝朝雞向無更鳴。阿誰會得娘生面，始信人天總假名。」（見〔越〕文學院：《李陳詩文》（第二集），河內：社會科學出版社，1988 年，第 246 頁）。

〔註 88〕〔越〕文學院：《李陳詩文》（第二集），河內：社會科學出版社，1988 年，第 304 頁。

〔註 89〕彭定求等編：《全唐詩》（第七冊），北京：中華書局，1960 年（2015 年重印），第 2510 頁。

改成「鸚鵡啄餘香稻粒，鳳凰棲老碧梧枝」。但是，杜甫這裏欲強調長安景色和事物的美好，長安景物就不是一般的景物，表達也不是一般的表達，故意如此奇特造句，不同凡響。陳嵩對此頗有共鳴，顯然是心有戚戚焉。還有陳嵩在《訪僧田大師》詩中描寫「不要朱門不要林，到頭何處不安心。人間盡見千山曉，誰聽孤猿啼處深。」〔註 90〕借用了杜甫《自京赴奉先縣詠懷五百字》詩中名句「朱門酒肉臭，路有凍死骨」〔註 91〕中的「朱門」一詞。

黎景詢與《過南昌府滕王閣故址》。黎景詢（？～1416 年），一作黎景恂，字子謀，號省齋，上洪州唐安縣慕澤鄉（今海陽省平江縣）人，越南陳朝學者。興慶元年（1407 年），黎景詢作《萬言書》，獻參議陳舊臣裴伯耆〔註 92〕，此信不幸落入了明軍手中。明軍對黎景詢進行通緝，但因當地局勢混亂，而不知所蹤。直至永樂九年（1411 年），他被明軍逮捕，押送燕京。明帝逼問：「何故爾勸伯耆造反？」景詢回答：「南國人望南國存，汝問何用！」〔註 93〕明帝大怒，令將他關進金陵錦衣衛監獄，五年後病死獄中。〔註 94〕黎景詢著有《萬言書》（分上、中、下三策），已散佚。今僅存其作 12 首漢詩，這首《過南昌府滕王閣故址》是其代表作。其詩曰：

〔註 90〕〔越〕文學院：《李陳詩文》（第二集），河內：社會科學出版社，1988 年，第 250 頁。

〔註 91〕彭定求等編：《全唐詩》（第七冊），北京：中華書局，1960 年（2015 年重印），第 2265 頁。

〔註 92〕裴伯耆（Bùi Bá Kỳ），陳朝舊臣。當胡季犛（Hồ Qúy Ly）當王之時，裴伯耆赴明廷求援出兵滅胡氏。明朝趁此率軍侵略南國，同時也帶伯耆一同回去，在安南復立郡縣時，拜他當參議。黎景詢原是他之友，故而上此封信給他。（見〔越〕文學院：《李陳詩文》（第三集），河內：社會科學出版社，1978 年，第 520 頁；並參閱牛軍凱：《「越南蘇武」黎光賁及其在華詩作〈思鄉韻錄〉》，《東南亞研究》，2015 年第 4 期，第 99～100 頁）。

〔註 93〕〔越〕文學院：《李陳詩文》（第三集），河內：社會科學出版社，1978 年，第 520 頁。

〔註 94〕〔越〕吳士連等著：《大越史記全書》（第二冊），孫曉主編（標點校勘），重慶：西南師範大學出版社；北京：人民出版社，2015 年，第 449 頁。

江山如此一開顏，遺構傾欹不可攀。

雨卷珠簾空卷去，雲飛畫棟自飛還。

陵遷谷（一作容）變寒沙上，古往今來落照間。

當日繁華何處在？依然南浦對西山。〔註95〕

這首七律詩顯示作者正被明軍押送金陵途中，途經南昌府的滕王閣故址，睹物傷情，有感而發。滕王閣位於江西南昌郡城的贛江東岸，與湖南岳陽樓、湖北黃鶴樓並稱中國江南三大名樓。唐高祖第22子滕王李元嬰任洪州都督時，臨江建造高閣，景觀奇偉，人稱滕王閣。〔註96〕黎景詢此詩除了首聯（一、二句）之外，餘下三聯（頷聯、頸聯、尾聯），尤其是頷聯（三、四句）和尾聯（第七、八句），皆直接化用了唐朝王勃（649年～676年）的七古名詩《滕王閣》，原詩寫道：

滕王高閣臨江渚，佩玉鳴鸞罷歌舞。

畫棟朝飛南浦雲，珠簾暮卷西山雨。

閑雲潭影日悠悠，物換星移幾度秋。

閣中帝子今何在？檻外長江空自流。〔註97〕

《滕王閣序》是用王勃用駢體文寫成的詩序。〔註98〕這篇贈別序描繪了滕王閣雄偉壯麗的萬千景象，敘述了當時的城樓開宴的熱鬧場景，眺望贛江，「落霞與孤鶩齊飛，秋水共長天一色。漁舟唱晚，响窮彭蠡之濱；雁陣惊寒，聲斷衡陽之浦。」王勃借此抒發了懷才不遇的壓抑心情〔註99〕。

〔註95〕〔越〕文學院：《李陳詩文》（第三集），河內：社會科學出版社，1978年，第527頁。

〔註96〕王力主編：《古代漢語》（校訂重排本，第三冊），北京：中華書局，1963年（2016重印，第57次印刷）第1177頁。

〔註97〕彭定求等編：《全唐詩》（第三冊），北京：中華書局，1960年（2015年重印），第672～673頁。

〔註98〕唐高宗上元二年（西元675年）重陽節，洪州都督閻伯嶼攜文武官員歡宴於滕王閣，共慶重陽登高佳節。此時，王勃因赴交趾省親探父，乘船路過南昌，適逢閻都督九九重陽為滕王閣重修竣工盛宴而被邀入席。

〔註99〕王力主編：《古代漢語》（第三冊），北京：中華書局，1963年（2016重印）第1177頁。

序末附上述這首七言古詩。而八百多年之後的陳朝大臣黎景詢，飽學經史，自然熟知唐才子王勃撰寫《滕王閣序》之後的榮耀與悲涼（傳說溺死於交趾海）。如今身為異國囚犯，途徑勝地，不見古人，美景依然，萬般無奈，唯有江水奔流不息。也許這一切都是作者欲表無可言狀的遺憾。顯而易見，黎景詢借用了王勃《滕王閣》序與詩中的詞語、典故，並與唐朝王勃產生了強烈的思想共鳴。

玄光與漢詩《菊花六首・其四》。玄光（1254 年～1334 年），俗名李道載，河北省嘉定縣北江路南策州萬載鄉人，考取進士科，授翰林學士為，奉迎北使，不久辭職，從陳仁宗出家。後成為竹林派第三祖。詩作創作方面，現存約 24 首漢詩，《菊花六首・其四》是其中之一，詩曰：

年年和露向秋開，月淡風光愜寸懷。

堪笑不明花妙處，滿頭隨到插歸來。〔註 100〕

在這首七絕的末句，作者借用了唐代詩人杜牧（803 年～約 852 年）的七言律詩《九日齊山登高》中的詞語，其詩云：

江涵秋影雁初飛，與客攜壺上翠微。

塵世難逢開口笑，菊花須插滿頭歸。

但將酩酊酬佳節，不用登臨歎（一作恨）落暉。

古往今來只如此，牛山何必淚（一作獨）霑衣。〔註 101〕

此詩表達的是趁著重陽佳節，與友人張祜（約 785 年～849 年）攜酒壺一同登山，江南的秋天山水，呈現出一片「翠微」（青翠縹緲），詩人對此流露出了十分愉悅的感受。然而，詩人覺得眼前景物與塵俗生活是格格不入的，佳節盡情快樂而塵世難以舒心。杜牧意識到，在當下時刻中，能讓自己快樂多少就快樂多少，就像今天遇到秋天景色中的美好

〔註 100〕〔越〕文學院：《李陳詩文》（第二集），河內：社會科學出版社，1988 年，第 700 頁。

〔註 101〕彭定求等編：《全唐詩》（第十六冊），北京：中華書局，1960 年（2015 年重印），第 5966 頁。

節日——菊花盛開那樣嬌豔、那樣絢麗，那就採摘幾枝菊花插滿頭而回歸。登高能遇到這麼美麗的景色，真是難得的機會。於是詩人規勸人們，其實也是規勸安慰自己：「但將酩酊酬佳節，不用登臨恨落暉。」李道載借用了杜牧詩的詞語，但表達之義卻有所不同，其寓意是責怪那些既不懂賞花、也不懂惜花且隨便摘取插滿頭的俗夫。

范汝翼與《題靖安縣丞曾子芳慈訓堂》。范汝翼，生卒皆不詳，字孟神，號寶溪，多翼鄉人。他與阮飛卿（1355 年或 1336 年～1428 年或 1408 年）是同一個年代的人。胡季犛時代為教授，明屬時期（1414 年～1427 年）為訓導。范汝翼詩作現存留 61 首，載於《全越詩錄》。下面這首七律詩《題靖安縣丞曾子芳慈訓堂》中，就套用了不少唐詩的要素，詩曰：

南兒不遠仕遐方，慈訓猶將扁揭堂。
熊膽嚼來方有味，荻灰飛盡意難忘。
平反幾度萱生色，報答無時草自香。
曾氏一門千載下，高名有子也丞當。〔註 102〕

這首詩中「平反幾度萱生色，報答無時草自香」兩句，很可能借用了唐代孟郊（751 年～814 年）《遊子吟》的句式旨意。《遊子吟》僅六句三十字，但千百年來東亞各國廣為傳誦而歷久不衰，詩曰：

慈母手中線，遊子身上衣。
臨行密密縫，意恐遲遲歸。
誰言（一作難將）寸草心，報得三春暉。〔註 103〕

這是一首讚美母愛的名篇——偉大而無私的母愛，無時無刻不在關注著自己的兒女們。而范汝翼的詩，則不是表彰他自己母親之愛，而是表彰一位下層官員的孝順之心，儘管詩中也提及與《遊子吟》中類似

〔註 102〕〔越〕文學院：《李陳詩文》（第三集），河內：社會科學出版社，1978 年，第 551 頁。

〔註 103〕彭定求等編：《全唐詩》（第十一冊），北京：中華書局，1960 年（2015 年重印），第 4179 頁。

的「草」木、「報答」等詞語。那是一名南國的靖安縣丞，姓曾。詩中所云「曾氏一門千載下」，把陳朝一名曾姓下層官員，與中國春秋時代的曾子（西元前505年～西元前436年）聯繫起來了。曾子名參，字子輿，南武城（今山東嘉祥縣）人，世人習稱曾子，後世儒家尊奉為「宗聖」；為於春秋末戰國初魯國的知名孝子。《韓詩外傳箋疏‧卷第一》中載：「曾子仕於莒，得粟三秉，方是之時，曾子重其祿而輕其身。」〔註104〕《韓詩外傳箋疏‧卷第七》中又載：「曾子曰：『往而不可還者親也。至而不可加者年也。是故孝子欲養而親不待也，木欲直而時不使（一作待〔註105〕——筆者注）也。是故椎牛而祭墓，不如雞豚逮親存也。故吾嘗仕齊為吏，祿不過鐘釜，尚猶欣欣而喜者，非以為多也，樂其逮親也。既沒之後，吾嘗南遊於楚，得尊官焉，堂高九仞，榱題三圍，轉轂百乘，猶北鄉而泣涕者，非為賤也，悲不逮吾親也。故家貧親老，不擇官而仕，若夫信其志約其親者，非孝也。』《詩》曰：『有母之尸雍。』」〔註106〕曾子為孔子之學生，成為孔學說的主要繼承人，主張以孝恕忠信四個道德範疇為核心的儒教思想，曾參與編製眾多書籍，其中有《孝經》一書。他被看作是孝道的典型象徵，至今仍被人們廣為傳頌。

此外，在范汝翼的七律詩《謝阮運同惠帶四首‧其二》中，也從唐詩借意，其詩曰：

> 少曾塗抹亦西施，老大如今色愛衰。
> 翰苑腰犀無夢到，畔株守兔幾時離。
> 術窮五技將安用，分揣三休已是宜。
> 誰使強顏猶館下，隨人自愧樂清時。〔註107〕

〔註104〕屈守元箋疏：《韓詩外傳箋疏》，成都：巴蜀書社，1996年，第1頁。

〔註105〕見賴炎元注譯：《韓詩外傳今注今譯》，臺北：臺灣商務印書館，1972年，第287頁。

〔註106〕屈守元箋疏：《韓詩外傳箋疏》，成都：巴蜀書社，1996年，第608～609頁。

〔註107〕〔越〕文學院：《李陳詩文》（第三集），河內：社會科學出版社，1978

首先可以看出，這首詩引用了許多中華典故，幾乎每句中都有。首聯提到的西施，是春秋末期越國絕色美女，與王昭君、貂蟬、楊玉環並稱中華古代四大美女。越王勾踐失敗後臥薪嘗膽，將西施獻給吳王夫差，終致吳王因好色而國破身亡。作者借西施典故表達的是，不論你有多麼美麗的妝容，還是有多麼絕美的姿色，終於也會隨著年歲凋謝。頷聯中，范汝翼表達的是不主動努力、安分守己的樣子。他之前有過戴「腰犀」（以犀牛皮造的腰帶）入「翰苑」（指翰林院）的人生夢想，如今已不再想了，只是被動地等待著，就像「守株待兔」的典故那樣。此詩頸聯引用《荀子‧勸學》「螣蛇無足而飛，鼫鼠五技而窮」〔註 108〕的典故，暗諷北宋宰相王安石（1021 年～1086 年）的自傲張揚，借此示意自己是庸才，沒能力幹大事，凡事都須量力而行。「分揣三休已是宜」，借用唐代孟浩然（689 年～740 年）的五律詩《尋陳逸人故居》中的「人事一朝盡，荒蕪三徑〔註 109〕休」〔註 110〕句意，指歸隱者或隱士居住之處（家園小路）。這首詩的尾聯，作者感到慚愧而自咎，哪有人強迫「自我」一定要在「館」（翰林院）追求功名？生活只是享受歡樂清平罷了。

陳光啟與《春日有感二首‧其一》。陳光啟（1241 年～1294 年），字昭明，越南陳朝開國皇帝陳太宗第三子。陳聖宗（1258 年～1278 年）時當上太尉，爵大王；陳仁宗（1279 年～1293 年）時官至上相太師。陳光啟在兩場（1284 年～1285 年和 1287 年～1288 年）抵抗元蒙軍的入侵中成為重要將領。他博學多識，擅於作詩，是陳朝漢詩文興盛時期

年，第 584～585 頁。

〔註 108〕荀子著，白延海譯注：《荀子》，西寧：青海人民出版社，2002 年，第 4 頁。

〔註 109〕「三徑：西漢末，王莽專政，兗州刺史蔣詡辭官歸隱，於院中開三徑。後多用以代隱士所居。」（見孟浩然撰，李景白校注：《孟浩然詩集校注》，成都：巴蜀書社，1988 年，第 318 頁）。

〔註 110〕孟浩然撰，李景白校注：《孟浩然詩集校注》，成都：巴蜀書社，1988 年，第 317 頁。

的代表作家之一。著有《樂道集》，已失傳，現僅留 9 首漢詩。這首七律體《春日有感二首・其一》，就是其代表作。其詩寫道：

雨欲肥梅潤細枝，閉門兀兀坐書癡。

半分春色閑蹉過，五十衰翁已自知。

故國心隨飛鳥倦，恩波海闊縱鱗遲。

生平膽氣輪囷在，醉倒東風賦一詩。〔註 111〕

作者在這首漢詩中使用了「故國」一詞，而這個詞來自杜甫《上白帝城詩二首・其一》中的「取醉他鄉客，相逢故國人」〔註 112〕詩句，或來自唐代詩人張祜（約 785 年～849 年）的《宮詞二首・其一》中的「故國三千里，深宮二十年」〔註 113〕句。這樣，「故國」這一詞並不是指「歷史悠久的國家」或某某「祖國」的意思，而是指「故鄉」、「故土」的意思，正如以上引述唐代詩句的意思。

三、陳朝漢詩中的唐朝文人形象

所謂陳朝漢詩中的唐朝文人形象，就是說陳朝作家對唐朝文人有什麼看法。從以上論述已可斷言，陳朝文士詩人（包括詩僧）已將唐詩語言（唐詩格律、唐詩辭彙、唐詩句法、唐詩修辭等）作為追求、學習、歸向（借鑒）的最高藝術標準。當時唐詩（涵蓋讚、頌、偈等形式）的審美已達到了古典詩歌的精緻而凝練的藝術最高峰。換言之，唐詩創作達到了中國古典詩歌的最高水準：言少意多、意在言外、語言精煉、構思精巧等等，每首詩是一幅充滿絢麗色彩的圖畫。唐詩之魅力，正如 18 世紀的越南文史家吳時士（Ngô Thì Sĩ, 1726 年～1780 年）所言：「李、杜、元、白、劉、柳、歐、蘇諸家之西施，乃其氣淩

〔註 111〕〔越〕文學院：《李陳詩文》（第二集），河內：社會科學出版社，1988 年，第 434 頁。

〔註 112〕彭定求等編：《全唐詩》（第七冊），北京：中華書局，1960 年（2015 年重印），第 2503～2504 頁。

〔註 113〕彭定求等編：《全唐詩》（第十五冊），北京：中華書局，1960 年（2015 年重印），第 5834 頁。

煙霞，色奪錦繡，飄然不啻仙風神語，故慕而效焉，而有不知其為工與拙也。」〔註 114〕一旦模仿、學習、借鑒了「神仙手筆」般的唐詩語言藝術，陳朝作家就會傾慕、感佩唐詩語言藝術之精彩廣博。在陳朝作家的眼中，這種欽佩到底如何表現？以下筆者歸納為數個重點，並試舉實說明：

第一，唐朝僧人的解脫形象：陳畁的《拈頌偈》篇的《頌》中，我們可以看到唐代趙州禪師（778 年～897 年）的訓示形象。其七絕體漢文頌曰：

趙州叉手示於眾，不落雙邊主自分。

豈是華籃韓令術，爭知會造酒逡巡。〔註 115〕

此為禪僧之師表形象，正有兩手交叉齊胸之姿勢。此姿勢見於《古尊宿語錄卷第十三》中，載云：「問。王索仙陀婆時如何。師驀起打躬叉手。」〔註 116〕譯文大意為「有學僧問：國王索要仙陀婆的時候是怎樣的呢？趙州禪師忽然立起來，邊作揖邊叉手。」陳畁也許欲借用這個禪宗公案來教導僧俗大眾，希望信眾對日常生活中的某種問題能夠醒悟、脫離執著，從而不落兩邊，不著空有。而頌中第三句的「華籃」和「韓令」是什麼典故、兩者之間有什麼關聯，至目前為止漢學家尚未能確認，甚至《李陳詩文》的漢學隊伍也不知道它是什麼〔註 117〕。然而，據筆者初步瞭解，這個典故很有可能關聯到韓湘子（795 年？～？），唐代人，古代中華道教傳說中的八仙之一。據有關文獻記載，韓湘子有「神通」，見義勇為。如果真是這樣，那麼「華」這個字就應

〔註 114〕見吳時士：《鸚言集．序》，引自〔越〕潘輝注著，史學院譯注：《歷朝憲章類志》（第二集），河內：教育出版社，2007 年，第 483 頁。

〔註 115〕文學院：《李陳詩文》（第二集），河內：社會科學出版社，1988 年，第 120 頁。

〔註 116〕見 CBETA 電子佛典 2016 年——《古尊宿語錄卷 13．趙州真際禪師語錄並行狀卷上（南嶽下四世嗣南泉願）》——X68，No.1315_0078a03。

〔註 117〕見〔越〕文學院：《李陳詩文》（第二集），河內：社會科學出版社，1988 年，第 155 頁。

寫成「花」，因為見韓湘子曾作《言志》詩一首，道：「解造逡巡酒，能開頃刻花。」〔註 118〕因此，其典故應與《言志》詩中「花」有關。韓湘子的這兩句詩，意思是仙家通過遊戲，僅需片刻功夫就能無中生有地釀成美酒，同時在須臾間亦能令花枝立即現蕾開花。

而在陳嵩的《放狂吟》中，我們看到許多唐朝的著名人物形象。這些人物的出現，作為他所需要的榜樣。因為如此，從他的詩作中可以發現這些人物的性格特點，幾乎皆在他本人中得到了豐富的結晶。這首詩中寫道：

天地眺望兮何茫茫，杖策優遊兮方外方。

或高高兮雲之山，或深深兮水之洋。

饑則食兮和羅飯，困則眠兮何有鄉。

倦小憩兮歡喜地，渴飽啜兮逍遙湯。

溈山作鄰兮牧水牯，謝三同舟兮歌滄浪。

訪曹溪兮揖盧氏，謁石頭兮儕老龐。

樂吾樂兮布袋樂，狂吾狂兮普化狂。

咄咄浮雲兮富貴，籲籲過隙兮年光。

胡為兮官途險阻，叵耐兮世態炎涼。

深則厲兮淺則揭，用則行兮捨則藏。

放四大兮莫把捉，了一生兮休奔忙。

適我願兮得我所，生死相逼兮於我何妨。〔註 119〕

陳嵩，陳朝宗室。他不僅是陳朝最優秀之禪家、詩人，還是朝廷裏的智謀名將。可卻不因如此而被功名利祿套住，因為他能夠看透紅塵，認清人生、「我」本身體、乃至世上的所有榮華富貴，終歸均為生之滅變化

〔註 118〕劉斧撰：《青瑣高議》，北京：中華書局，1959 年，第 78 頁。

〔註 119〕〔越〕文學院：《李陳詩文》（第二集），河內：社會科學出版社，1988 年，第 279 頁。

無常，此為萬事萬物之變化規律。這首詩《放狂吟》表達了一個曠蕩的精神，解脫個人名利、榮華富貴之束縛。在他的詩中，出現了不少數位唐代名僧，諸如溈山靈祐禪師（771 年～853 年），中華佛教禪宗五家七宗之一的溈仰宗之初祖；這裏的「謝三」是誰，就連越南古近代文學家阮慧芝（Nguyễn Huệ Chi）、漢學家杜文喜（Đỗ Văn Hỷ）等人，都對此表示不太清楚〔註 120〕。然而，從宋代詩人俞紫芝（生卒年不詳，大約卒於哲宗元祐初）在「阮郎歸」一詞中，云：「釣魚船上謝三郎。雙鬢已蒼蒼。蓑衣未必清貴，不肯換金章。汀草畔，浦花旁。靜鳴榔。自來好個，漁父家風，一片瀟湘。」〔註 121〕這裏的「謝三郎」見於《景德傳燈錄譯注・卷十八青原行思禪師法嗣（之五）》（三）中載：「福州（今屬福建）玄沙宗一大師（834 年～908 年），法名師備，福州閩縣人也，姓謝氏。幼好垂釣，泛小艇於南臺江，狎諸漁者。唐咸通初，年甫三十，忽慕出塵，乃棄釣舟，投芙蓉山靈訓禪師落髮，往豫章開元寺道玄律師受具。」〔註 122〕「那位釣魚船上的謝三郎，此時已經兩鬢花白，白髮蒼蒼。首句化用典故，塑造出了一位滿頭白髮的漁翁形象，栩栩如在眼前。」〔註 123〕那因師俗姓謝，故俗人習稱為「謝三郎」。至此，我們可以確認「謝三」正是玄沙師備禪師；「盧氏」（638 年～713 年）為慧能（一作惠能）之俗姓〔註 124〕，中土禪宗之六祖，中華禪宗

〔註 120〕〔越〕文學院：《李陳詩文》（第二集），河內：社會科學出版社，1988 年，第 281 頁；此外，陳嵩的《江湖自適》詩中，也見到「謝三」形象：「湖海初心未始磨，光陰如箭又如梭。清風明月生涯足，綠水青山活計多。曉掛孤帆淩汗漫，晚橫短笛弄煙波。謝三今已無消息，留得空船閣淺沙。」（見〔越〕文學院：《李陳詩文》（第二集），河內：社會科學出版社，1988 年，第 256 頁）。

〔註 121〕霍松林主編：《名家講解宋詞三百首》，長春：長春出版社，2008 年，第 61 頁。

〔註 122〕道原著，顧宏義譯注：《景德傳燈錄譯注》（三），上海：上海書店出版社，2010 年，第 1311 頁。

〔註 123〕編委會編著：《宋詞鑒賞大全集》，北京：中國華僑出版社，2010 年，第 128 頁。

〔註 124〕見道原著，顧宏義譯注：《景德傳燈錄譯注》（一），上海：上海書店

傑出之大師；「石頭」（700 年～709 年），即石頭希遷禪師，又作無際大師，俗姓陳氏，端州高要（今廣東省肇慶市）人〔註 125〕；老龐即龐蘊居士（？～808 年），衡州衡陽縣（今屬湖南）人，字道玄，〔註 126〕中唐時代著名在家禪者，世稱龐居士、龐翁；布袋和尚（？～916 年），不知其姓名，自稱名契此，他平常用拄杖扛著一個布袋，時人稱為汀子布袋師〔註 127〕；普化（？～860 年），不知何許人，拜幽州（今河北正定）盤山寶積為師，秘受了佛法真訣，因而假裝癲狂，說話無規矩〔註 128〕。一切都是中華唐代禪宗的著名人物；是陳嵩學習的解說、安然之理想榜樣。

另外，在陳嵩的《上士語錄》之《對機》一篇中，我們還看到晚唐靈雲山志勤禪師的模範形象，此《對機》載其兩者對話，如有一位客僧「進云：『鬱鬱黃花無非般若』。意作麼生？」，陳嵩作兩個詩句答云：「桃花不是菩提樹，何事靈雲入道場？」〔註 129〕詩中的「靈雲」是指福州（今屬福建）靈雲山志勤禪師，其生卒年不詳，僅知道他作為晚唐禪宗名僧。對其生平，王榮國在《唐志勤禪師生平考》一文中，寫道：「志勤的俗籍是福州長溪（今福建霞浦），法號『源寂』；師承靈拓，開悟於湖南偽山，志勤至遲於大中六年之前就返回閩中，咸通初年開創閩縣靈雲山，乾符元年開創仙茅院（屬唐閩縣與連江縣地）乾符五年開創連江縣東靈應院，志勤住東靈應院達 20 年之久，約於光化年間（898

出版社，2010 年，第 279 頁。

〔註 125〕見道原著，顧宏義譯注：《景德傳燈錄譯注》（二），上海：上海書店出版社，2010 年，第 980 頁。

〔註 126〕見道原著，顧宏義譯注：《景德傳燈錄譯注》（二），上海：上海書店出版社，2010 年，第 549 頁。

〔註 127〕見道原著，顧宏義譯注：《景德傳燈錄譯注》（五），上海：上海書店出版社，2010 年，第 2193 頁。

〔註 128〕見道原著，顧宏義譯注：《景德傳燈錄譯注》（二），上海：上海書店出版社，2010 年，第 703 頁。

〔註 129〕〔越〕文學院：《李陳詩文》（第二集），河內：社會科學出版社，1988 年，第 305 頁。

年～900年）外出雲遊，卒於外地。」〔註130〕而佛教史籍則記載：「福州靈雲志勤禪師，本州長溪人也。初在溈山，因見桃華悟道，有偈曰：『三十來年尋劍客，幾逢落葉幾抽枝。自從一見桃華後，直至如今更不疑。』」〔註131〕抑或陳嵩的《戲智遠禪師看經寫義》一詩中，我們也見到一位唐代僧人稱為智遠禪師：

墨為香餌筆為竿，學海風波理釣船。

珍重遠公頻下釣，會獰龍上是驢年。〔註132〕

智遠是福州連江（今屬福建）人。關於他頓悟的公案，在史籍上多有記載：如「順德云『理能縛豹』，師因此發悟玄旨。」〔註133〕這首詩的語言表面上，我們看到，禪師談到在大海上釣魷魚的故事，可能他借用了三交智嵩禪師（屬南嶽下九世）的「網底遊魚，龍門難渡。垂鉤四海，祇釣獰龍」〔註134〕這段話中的形象，當然此處禪師僅是借用釣魚形象，而不是借用其意。此外，「驢年」這個詞依顧宏義之注釋，說：「古人用十二生肖記年，十二屬中沒驢，故以驢年表示不可能，沒有實現的日子。」〔註135〕透過此詩，作者表示「珍重」這位「遠公」，因為他多少次垂釣而仍未灰心喪氣！這就像揄揚一位修行者的毅力和耐心。越南漢學家阮慧芝在《李陳詩文》（第二集）中注說「不明智遠是誰」〔註136〕，但從

〔註130〕王榮國：《唐志勤禪師生平考》（《宗教學研究》2002年第1期），第40頁。此亦見在「說明」條載於道原著，顧宏義譯注：《景德傳燈錄譯注》（二），上海：上海書店出版社，2010年，第751頁。

〔註131〕道原著，顧宏義譯注：《景德傳燈錄譯注》（二），上海：上海書店出版社，2010年，第745頁。

〔註132〕〔越〕文學院：《李陳詩文》（第二集），河內：社會科學出版社，1988年，第230頁。

〔註133〕道原著，顧宏義譯注：《景德傳燈錄譯注》（四），上海：上海書店出版社，2010年，第1634頁。

〔註134〕普濟著，蘇淵雷點校：《五燈會元》（中冊），北京：中華書局出版，1984年，第695頁。

〔註135〕道原著，顧宏義譯注：《景德傳燈錄譯注》（一），上海：上海書店出版社，2010年，第436頁。

〔註136〕見〔越〕文學院：《李陳詩文》（第二集），河內：社會科學出版社，1988年，第230頁。

「顯言」看，智遠禪師也許是資福智遠禪師（895 年～977 年），一位僧人屬唐末五代溈仰宗？這位僧人也見於唐代詩人孟郊（751 年～814 年）的《夏日謁智遠禪師》〔註 137〕標題上。孟郊的此詩表達了詩人對這位僧人的深厚禪法之貴重感情，也表達了詩人的內心深處之矛盾心態。

第二，唐朝詩人杜甫的形象：范邁的漢文詩《題隱者所居和韻》。范邁（生卒年不詳），常稱為范宗邁，號敬溪，新興府峽山縣敬主鄉（今屬海興省）人。陳明宗（1314 年～1329 年）時，他曾與阮忠彥出使中華明朝。著有一篇賦和五首漢文詩。《題隱者所居和韻》即是其中的一首，其詩寫道：

> 到處知君臭味蘭，杖藜敲破碧苔斑。
> 一襟人物渾無分，數畝田園足自寬。
> 陶令歸心帶松菊，少陵吟興動江山。
> 多情最愛堂前景，雲外悠悠倦鳥還。〔註 138〕

此詩中分別出現了兩位中華偉大的詩人：一是「陶令」，即陶淵明（365 年～427 年），又名潛，字元亮，私謚靖節，世習稱靖節先生，東晉末期南朝宋初期著名的隱逸詩人、中華古代「田園詩派創始人」和中華文學史上「第一位大量寫飲酒詩的詩人。」「他的人品高潔，文學成就卓越，影響深遠，是中國文學史上與屈原、李白、杜甫齊名的大詩人」〔註 139〕。二是「少陵」，即杜甫（712 年～770 年），字子美，河南府鞏縣（今河南省鞏義市）人，因曾住在長安城南的少陵，故世稱「杜少陵」，他一生現留下了 1458 首詩，被後人尊為「詩聖」，其詩作被稱為「詩

〔註 137〕全詩：「吾師當幾祖，說法雲無空。禪心三界外，宴坐天地中。院靜鬼神去，身與草木同。因知護王國，滿缽盛毒龍。抖擻塵埃衣，謁師見真宗。何必千萬劫，瞬息去樊籠。盛夏火為日，一堂十月風。不得為弟子，名姓掛儒宮。」（見孟郊著，郝世峰箋注：《孟郊詩集箋注》，石家莊：河北教育出版社，2002 年，第 458 頁）。

〔註 138〕〔越〕文學院：《李陳詩文》（第二集），河內：社會科學出版社，1988 年，第 834 頁。

〔註 139〕童超，王玉鳳著：《陶淵明》，天津：新蕾出版社，1993 年，第 1 頁。

史」，〔註 140〕杜甫詩內容豐富，藝術精湛，一向深受中外人們喜愛。越南文學批評家淮清（Hoài Thanh），亦有人將此名譯為「懷青」〔註 141〕，原名阮德元／Nguyễn Đức Nguyên, 1909 年～1982 年）對杜甫「詩史」（深刻地反映了當時的歷史社會實現）評價，曰：「杜甫只是一個普通人，而為曾經滄海之普通人，常憐他人，尤其妙筆生花……。杜甫詩文似乎皆只抒寫淒苦，悽愴是因為個人身體、是因為國家變故，特別是窮苦的下層勞動人民之悲慘。杜甫一旦談到那些不幸的人，他的文筆就表露樸質而出奇親切。」〔註 142〕正因為如此，故而范邁感受到，杜甫詩，咱們每當「吟興」之時，則「動江山」。

阮飛卿的《城中有感寄呈同志》。阮飛卿（Nguyễn Phi Khanh, 1355 年？～1428 年？），原名阮應龍（Nguyễn Ứng Long），號蕊溪，蕊溪鄉上福縣國威府南山上鎮（今屬河山平省常信縣）人，越南陳胡之際的著名詩人；為越南民族英雄、世界文化名人阮廌（Nguyễn Trãi, 1380 年～1442 年）之父。1374 年，在陳藝宗上皇（1370 年～1372 年）期間，考中進士，及至胡朝時，才得到補任。1402 年，被選為翰林院學士，最後官至國子監司業。1407 年，明朝率兵入侵越南胡朝，他被明軍俘至北京金陵。阮飛卿之子有阮廌、阮飛熊（Nguyễn Phi Hùng）兩人預定隨父到金陵去侍奉，但當到達邊境之時，阮飛卿對阮廌規勸曰：「『我年老，今既在此，任汝弟從，百年後得骸骨歸葬，足矣，汝當還本國。予觀天象，我國二十年後，西南方必有真主興。汝當委質事之，庶得雪國恥，復君讎，成父志，是為大孝，豈區區不離膝下為孝耶？』示之再三，公流涕不敢仰視，不得已，拜別而回。」〔註 143〕最終，阮

〔註 140〕羅宗強著：《杜甫》，天津：新蕾出版社，1993 年，第 1 頁。

〔註 141〕見黃強：《論杜詩在越南的譯介》，《杜甫研究學刊》，2011 年第 4 期，第 78 頁。

〔註 142〕見《淮清選集》（*Tuyển tập Hoài Thanh*），引自〔越〕吳文富：《唐詩在越南》，河內：作家協會出版社，2001 年，第 140 頁。

〔註 143〕〔越〕佚名撰：《南天珍異集》，引自劉玉珺、王昕：《越南詩人阮飛卿及其漢詩創作》，《古典文學知識》，2015 年第 5 期（總第 182 期），

飛卿約在1428年於中華去世，享壽73歲。他的詩集有《蕊溪詩集》，已佚，現有《阮飛卿詩文》包括漢文詩77首和《葉馬兒賦》、《清虛洞記》兩篇。此漢文作品是由陽伯恭彙編的，轉印於《抑齋遺集》一部。其中，這首漢詩《城中有感寄呈同志》中，作者曾提到杜氏，其詩曰：

朝中朱紫動紛紛，幻眼誰能各自分。

頭上老天依日月，人間夢景付煙雲。

習池何處招山簡，杜曲無錢覓廣文。

謀議廟堂吾豈敢，擬將泉石夢諸君。〔註144〕

詩中出現了兩個人物，一個是「杜曲」，另一個是「廣文」。那麼，「杜曲」和「廣文」到底是誰呢？給咱們的第一感受是，他們的物質生活是非常貧困的，因為彼此「無錢」互相尋訪。得知，「杜曲」為杜甫之祖籍，《辭海》載：「杜曲，古地名。在今陝西長安縣東少陵原東南端。有樊川、潏宿川流經其間。因唐貴族杜氏世居於此，故名。其南為杜固。世稱杜曲為北杜，杜固為南杜。」〔註145〕這裏的意思是指杜甫——「唐代最偉大的也是中國文學史上最偉大的現實注意詩人」〔註146〕。其實，杜曲有時亦指杜牧（803年～852年）——晚唐傑出的文學家，但在《城中有感寄呈同志》詩中，詩人提到了詩人杜甫。而這裏的「廣文」，據瞭解，他正是鄭虔（685年～764年），字若齊，盛唐著作家、教育家、詩人，盛稱「廣文館博士」，杜甫曾有詩云：「鄭公樗散鬢成（一作如）絲，酒後常稱老畫師」（《送鄭十八虔貶臺州司戶傷其臨老陷賊之故闕為面別情見於詩》）〔註147〕。他詩書畫兼優，被

第112頁。

〔註144〕〔越〕文學院：《李陳詩文》（第三集），河內：社會科學出版社，1978年，第407頁。

〔註145〕夏征農主編：《辭海》，上海：上海辭書出版社，1989年版，第1412頁。

〔註146〕繆鉞著：《杜甫》，成都：四川人民出版社，1980年，第1～2頁。

〔註147〕彭定求等編：《全唐詩》（第七冊），北京：中華書局，1960年（2015年重印），第2412頁。

唐玄宗譽之「鄭虔三絕」。鄭虔作為杜甫的好友，彼此之間皆對現實生活深表同情。與廣文相同，經歷了仕途坎坷，唐玄宗後期政治格局日益腐敗，他們的生活亦日益陷入了饑寒跋涉交迫之境地。對此境地，杜甫深深地感受並不妨把這些痛苦向好友分享，詩人有贈數首詩給廣文，如《戲簡鄭廣文虔兼呈蘇司業源明》云：「廣文到官舍，系（一作置）馬堂階下。醉則（一作即）騎馬歸，頗遭官長罵。才名四（一作三）十年，坐客寒無氈。賴（一作近）有蘇司業，時時與（一作乞）酒錢。」〔註 148〕或《醉時歌》（原注《贈廣文館博士鄭虔》）中云：「諸公袞袞登臺（一作華）省，廣文先生官獨冷。甲第紛紛厭粱肉，廣文先生飯不足。」〔註 149〕，等等。這些都描寫廣文的生活上真是艱苦、饑寒交迫的，雖然為有真才實學之人，亦曾就任廣文博士，可此僅為何等清苦閒散、無所事事之官職。作者表達了對廣文好友境遇之鳴不平之情，而也就是表達了對自己際遇之不滿。由此可以看出，他們彼此間的深厚感情——一種相知相憐之情。

在阮飛卿的《奉賡冰壺相公寄贈杜中高韻》一首中，詩人構建出了與唐朝詩人杜甫有關的形象，其詩寫道：

城中幾度鬥炎涼，漫送悠悠歲月長。
散質豈堪便世用，嬌心羞把妒時妝。
寒松晚菊淵明徑，獨樹孤村子美堂。
賢相儻憐門下士，肯容群作白頭郎。〔註 150〕

這首詩所描繪的景色並非只是孤立存在的，而是阮飛卿把自己放在景中，而情景浮現在詩人心中。如上所提示，杜甫字子美，自號少陵野老。「子美堂」為一間簡樸茅屋（草堂）——當年杜甫在成都西郊流寓

〔註 148〕彭定求等編：《全唐詩》（第七冊），北京：中華書局，1960 年（2015 年重印），第 2262 頁。

〔註 149〕彭定求等編：《全唐詩》（第七冊），北京：中華書局，1960 年（2015 年重印），第 2256 頁。

〔註 150〕〔越〕文學院：《李陳詩文》（第三集），河內：社會科學出版社，1978 年，第 431 頁。

近四年，居住此處，創作了約 240 餘首詩。子美離開成都後，其茅屋凋敗。在隨著那座傾毀、凋零而空寂的茅屋形象的同時，結合如上詩中「獨樹」、「孤村」的特寫用詞，創造出一個淒切、悲傷的場景。詩人描摹了杜甫的茅草屋及其周圍之樹木，抒寫了杜甫的坎坷人生境遇，也透露出其一生歷盡滄桑、風雨磨難等的種種不幸遭遇和痛苦經歷。阮飛卿有時也用「笑狂」（恥笑）來自嘲，如《狂夫》詩曰：「萬里橋西一（一作新）草堂，百花潭水即滄浪。風含翠篠娟娟靜（一作淨），雨裛紅蕖冉冉香。厚祿故人書斷絕，恒饑稚子色淒涼。欲填溝壑唯疏放，自笑狂夫老更狂。」〔註 151〕正因如此，阮飛卿與具有大靈魂（偉大靈魂）、大人格（高潔人格）、大文采（傑出才華）的杜甫發生了強烈的共鳴。阮飛卿的漢詩中不僅借用了杜甫坎坷仕途的形象，還借用了陶淵明的歸隱賞菊來比喻自己的抑鬱不得志。〔註 152〕

第三，唐朝詩人李白的形象：阮飛卿的《上胡承旨宗鷟》中，出現了一個「太白」的形象。詩中的「太白」的這個形象是否指唐代大詩人李白呢？先看詩作：

京國攜書二十年，登龍每恨欠前緣。

夢隨韓苑清風外，春在東亭白酒邊。

萬丈光芒窺太白，一團和氣挹伊川。

寸懷別後勞傾仰，耿耿高明月夜懸。〔註 153〕

此詩中揭示自己因一直埋頭讀書而缺乏機緣「登龍」。詩人借《後漢書・第六十七・黨錮傳・李膺傳》的典故，表達他對陳朝狀元胡宗鷟的尊敬欽佩。李膺（110 年～169 年）是東漢時期名聲極高的士人，

〔註 151〕彭定求等編：《全唐詩》（第七冊），北京：中華書局，1960 年（2015 年重印），第 2432 頁。

〔註 152〕參閱黃強：《論杜詩在越南的譯介》，《杜甫研究學刊》，2011 年第 4 期（總第 110 期），第 75 頁。

〔註 153〕〔越〕文學院：《李陳詩文》（第三集），河內：社會科學出版社，1978 年，第 399 頁。

為當時「八俊」之首〔註 154〕。他極力反對太監專政，被京師太學生標榜為「天下楷模」。〔註 155〕因而如果誰結識他，接著就會「登龍」（亦稱「登龍門」）。其語見於《後漢書卷六十七·黨錮列傳第五十七》載：「是時朝庭日亂，綱紀頹陀，膺獨持風裁，以聲名自高。士有被其容接者，名為登龍門。」〔註 156〕詩人也許遇到了晚陳朝臣胡宗鶩，他們同在東亭旁邊溫暖和煦春風中，觀賞花紅柳綠共飲白酒。詩人放眼望見了一顆「太白」〔註 157〕星發出的光芒萬丈，於是就想起了唐代大詩人李白的神仙骨格、高遠形象。李白（701 年～762 年），字太白，號青蓮居士，中華古代最偉大的詩人之一，也是唐代浪漫派的偉大詩人，人稱「詩仙」〔註 158〕，亦有呼之以「酒聖」。李白一生離不開酒，也離不開詩，酒助詩興，詩助酒興。在李白身上，酒與詩成為一體，相從相隨，相融相契，成為吟詩的靈魂。像李白那樣飲酒賦詩，也能夠成為一個行為瀟灑而人格高尚之人、一個逍遙自在之人、活在神仙界（蓬萊仙境）之人。至此，阮飛卿突然想起「伊川」，即伊河——位於河南省西部〔註 159〕的一條河流（並非如文學院編委所註腳的

〔註 154〕參閱「李膺的時代，社會上對著名的人物有『三君』、『八俊』等稱號，他與荀昱等八人被稱為『八俊』，即八個英傑人物，他是八俊之首。」（廖盛春編著：《〈後漢書〉成語典故》，南寧：廣西民族出版社，2002 年，第 266 頁）。

〔註 155〕蘇長生：《東漢名士——郭泰》，《文史月刊》2018 年第 5 期，第 39 頁。

〔註 156〕范曄著，劉龍慈等點校：《後漢書》，北京：團結出版社，1996 年，第 629 頁。

〔註 157〕「星名，即金星。亦名『啟明』。《爾雅・釋天》：『明星謂之啟明』，郭璞注：『太白星也，晨見東方為啟明，昏見西方為太白。』」（見夏征農主編：《辭海》，上海辭書出版社，1989 年版，第 724 頁。）；另據《國語辭典》云太白為：「人名。唐詩人李白的字。」（見《漢典 zdic.net》）。

〔註 158〕肖文颯主編：《唐詩宋詞元曲》（一），北京：中華華僑出版社，2016 年，第 6 頁。

〔註 159〕「河川名。在今河南省伊陽及嵩縣，其所經之地，亦稱為『伊川』。或稱為』伊河」（見《漢典 zdic.net》）；也見夏征農主編：《辭海》，上海辭書出版社，1989 年版，第 252 頁。

溪水之名／或泉水之名〔註160〕——筆者注）。此名亦為北宋理學家程頤（1033年～1107年）之別號，祖籍河南府伊川縣人，世稱伊川先生，「洛學」〔註161〕的創始人之一，為後來理學的發展奠定了基礎，宣揚了「氣稟」說。由此可以確定地說，詩中「一團和氣」的「氣」，必定有關聯到理學家程頤的「洛學」。若然，則應將詩中「一團和氣挹伊川」之「挹」還改為「抱」（如依《精選諸律詩》所收錄）或「把」（如依《全越詩錄三》所收錄），而不需要像文學院所理解的而將之改正為「挹」字了。如斯，將這些典故含義連接起來，可以看到阮飛卿在此詩中並非僅僅提到某某地點、事物，而是在向唐朝詩人李白和北宋理學家程頤這兩大中華名賢表示仰望和敬意。

李白性格豪放不羈、酒伴才華、逍遙自在，他就像他自己「太白」字之含義一樣，操守清廉，對人生看得太明白、太透徹。當塵間即將跌進了深邃的黑暗時，則這顆「太白」星依然在無邊無際的天空中閃耀，為世代詩人所仰望和學習借鑒。再看阮飛卿的《陪冰壺相公遊春江》，發現詩中又有出現李白形象，那是李白的另一個故事，呈現出另一種風格，其詩曰：

鮮雲晴日雪花天，煙景三春勝柳川。
紅蓼白蘋吟況味，羅裙綺袖醉因緣。
且談湖海江南士，休訪風流採石仙。
極浦斜陽歌緩棹，幾人同載孝廉船。〔註162〕

此詩是一幅優美的自然風景畫。天空中有一朵新鮮的雲（應為祥瑞的

〔註160〕見〔越〕文學院：《李陳詩文》（第三集），河內：社會科學出版社，1978年，第400頁。

〔註161〕「程顥、程頤為同胞兄弟，合稱『二程，因居住洛陽，講學洛陽，故他們創立的學派稱為『洛學』。『洛學』是宋明理學的奠基學派。」（參閱盧連章著：《程顥程頤評傳》，南京：南京大學出版社，2001年，第1～2頁）。

〔註162〕文學院：《李陳詩文》（第三集），河內：社會科學出版社，1978年，第386頁。

雲氣即「祥雲」，而不是「鮮雲」——筆者注）、晴朗的天氣、飄落的雪花——一番煙霧繚繞之景色。這裏的「三春」（孟春、仲春、季春）之美麗景色尚勝過「柳川」〔註 163〕。詩中還有「紅蓼」、「白蘋」、「羅裙綺袖」、「斜陽」（傍晚的陽光）、一條河水往遠處流等各種景物，這片天地被點綴成一幅五彩繽紛色彩的風景，美麗動人。這個景物就是觸發了詩人的詩興之源，在此時此地，他與冰壺相公感慨萬端，滿懷豪情逸興，談及「壯志淩雲」，恰如東漢末年「湖海江南士」陳登（字元龍）之志。這裏的風景足以令人著迷，在此自然美景下，可以飲酒作詩，互相酬唱贈答，而不一定要去訪「採石」景點。

阮飛卿雖說不去訪那個景點，然而當面對如此優美的景色之時，他還想起了一位在「採石」的「風流」謫仙人。「採石」即是採石磯（位於今安徽省），一作「採石圻」，又稱「牛渚磯」，為中國最著名的風景名勝區之一。他覺得此處的山水風景，美如心中理想的名勝之地。不過，從「休訪風流採石仙」這個詩句，表明作者對採石磯的勝地及李白的神奇浪漫之死的故事是非常瞭解的。採石磯是江南名勝，自古以來吸引了白居易、蘇東坡、王安石等眾多文人名士在此題詩唱和，尤其詩是人李白曾來此處，留下不少著名詩篇。關於李白之死因，有醉死、病死與溺死三種說法。其中最具神奇色彩的是「溺死說」。相傳李白在採石酒醉後，下水捉月溺死。此說最早見於韓愈的《題杜子美墳》詩：「捉月走入千丈波，忠諫便沉汨羅底。固知天意有所存，三賢所歸同一水。」至宋初，詩人梅堯臣在《採石月贈郭功甫》詩中亦云：「採石月下聞謫仙，夜披錦袍坐釣船。醉中愛月江底懸，以手弄月身翻然。不應暴落饑蛟涎，便當騎魚（一作鯨——筆者注）上青天。青山有塚人謾傳，卻來人間知幾年。在昔熟識汾陽王，內（一作納—

〔註 163〕關於「柳川」，北宋哲學家程顥（1032 年～1085 年）有《春日偶成》詩云：「雲淡風輕近午天，傍花隨柳過前川。時人不識餘心樂，將謂偷閒學少年。」（見王長江、李浴華編選：《學生宋詩二百首》，太原：山西古籍出版社，2001 年，第 66 頁）。

一筆者注）官貰死義難忘。今觀郭裔奇俊郎，眉目真似攻文章。死生往復猶康莊，樹穴探環知姓羊。」〔註 164〕在這樣的傳說背景下，阮飛卿對李白獨有情鍾，在其詩中的李白形象具有獨特魅力。此詩尾聯「極浦斜陽歌緩棹，幾人同載孝廉船」，在春天花紅柳綠水面上，高唱棹歌緩慢浮蕩。關於「孝廉船」，《李陳詩文》編著組注釋曰「尚未找到其出處。」〔註 165〕在此順便補充一下：《古代漢語詞典》曰：「漢代選舉官吏的兩種科目。孝，孝悌的人。廉，清廉之士。後合稱「孝廉」。歷代因之。也指被舉薦的士人。」〔註 166〕而「孝廉船」典故見在南朝宋劉義慶《世說新語・文學》記載：「（晉吳郡人）張憑舉孝廉，出都，負其才氣，謂必參時彥。欲詣劉尹，鄉里及同舉者共笑之。張遂詣劉，劉洗濯料事，處之下坐，唯通寒暑，神意不接。張欲自發，無端。頃之，長史諸賢來清言，客主有不通處，張乃遙於末坐判之；言約旨遠，足暢彼我之懷，一坐皆驚。真長延之上坐，清言彌日，因留宿。至曉，張退，劉曰：『卿且去，正當取卿共詣撫軍。』張還船，同侶問何處宿，張笑而不答。須臾，真長遣傳教覓張孝廉船，同侶惋愕。即同載詣撫軍。至門，劉前進謂撫軍曰：『下官今日為公得一太常博士妙選。』既前，撫軍與之話言，咨嗟稱善，曰：『張憑勃窣為理窟。』即用為太常博士。」〔註 167〕「孝廉船」因而成為稱謂典故。本詩中作者借「孝廉船」的典故，指南方某一位曾被推舉過孝廉的士人。

范汝翼的《李暇齋來訪，賦此韻以答》（一作《李下齋見訪賦此以答》）。他的這首詩提及唐代兩位大詩人李白和杜甫之間的偉大友誼，詩中寫道：

〔註 164〕梅堯臣著，夏敬觀選注：《梅堯臣詩》，北京：商務印書館，1940 年，第 163 頁。

〔註 165〕見〔越〕文學院：《李陳詩文》（第三集），河內：社會科學出版社，1978 年，第 387 頁。

〔註 166〕商務印書館辭書研究中心修訂——2 版，《古代漢語詞典》，北京：商務印書館，2014 年（2017 年重印），第 1640 頁。

〔註 167〕劉義慶編撰，陸蓓容、周夢燁譯注：《世說新語》，杭州：浙江文藝出版社，2011 年，第 76 頁。

人生蹤跡雪泥鴻，邂逅誰知一笑同。

久別令人思叔度，甚衰笑我夢周公。

論文每向交情上，誰與相期氣概中。

剩把此詩當友契，何妨渭北與江東。〔註 168〕

此詩用了許多中國典故。首聯第一句開頭，詩人借喻「人生蹤跡」就像「雪泥鴻」爪一樣。此語見於北宋時期大文學家蘇軾《和子由澠池懷舊》詩中的「人生到處知何似？應似飛鴻踏雪泥。泥上偶然留指爪，鴻飛那複計東西。老僧已死成新塔，壞壁無由見舊題。往日崎嶇還記否，路長人困蹇驢嘶。」〔註 169〕范汝翼此詩頷聯中，想起了「叔度」，又夢見「周公」。「叔度」即東漢著名賢士黃憲之字，人稱黃叔度，出身貧寒，具有高尚的品德與情操。《世說新語・德行》中載：「周子居（周乘，字子居）常云：『吾時月不見黃叔度，則鄙吝之心已複生矣！』」〔註 170〕「周公」，姓姬姓，名旦，周文王姬昌之子，周武之弟，西周初期傑出政治家，時人尊稱為「元聖」與「儒學先驅」。周公還是孔子一生崇敬的偶像，孔子曾說：「甚矣吾衰也！久矣吾不復夢見周公。」〔註 171〕據范汝翼詩中所記，作者和名士李暇齋（即李子觀）有了一場偶然的久別重逢。在這一場相逢中，他們津津有味地漫談寫文章作詩賦之事。最值得注意的，是詩篇中的語言特色之美和表情達意之美。末句中的「渭北」與「江東」，原為古代中國的兩處區域名，後來成為富有詩意的「代名詞」，因其代表著李白與杜甫之間的金石之交。杜甫《春日憶李白》曰：「白也詩無敵，飄然思不群。清新庾開府，俊逸鮑參軍。**渭北春天樹，江東日暮雲**。何

〔註 168〕〔越〕文學院：《李陳詩文》（第三集），河內：社會科學出版社，1978 年，第 570 頁。

〔註 169〕蘇東坡著：《蘇東坡全集・蘇東坡詩集卷一》，北京：珠海出版社，1996 年，第 82 頁。

〔註 170〕劉義慶著，黃征、柳軍曄注釋：《世說新語》，杭州：浙江古籍出版社，1998 年，第 1 頁。

〔註 171〕徐芹庭著，徐耀環編校：《細說四書・論語・述而第七》（上），新臺北：聖環圖書，2011 年，第 159 頁。

時一樽酒，重與細論文。」〔註172〕關於這兩個區域名詞，聶石樵和鄧魁英先生《杜甫選集》注云：「渭北：泛指渭河兩岸，即自己所在地長安。江東：泛指長江以東地區，即李白所在地越州。」〔註173〕蕭滌非、程千帆、馬茂元、周汝昌、周振甫、霍松林等撰寫的《唐詩鑒賞辭典》亦云：「『渭北』指杜甫所在的長安一帶；『江東』指李白正在漫遊的江浙一帶地方。」〔註174〕當然，該地點的歷來各有所述，眾說紛紜，未有統一〔註175〕。而杜甫的此詩中頸聯中主要寫了他與李白各自所在之景，意思是說：當自己在渭北想念著江東的李白之時，也就是李白在江東想念著渭北的自己之時〔註176〕。總之，范汝翼欲藉由李白和杜甫交往故事及其文采，比喻他和李暇齋之間的交往深情和文采風流。

第四，唐朝其他詩人的形象：陳朝詩人阮億詩作中，至少有兩首漢詩提起兩位唐代著名文學家。一首是《送菊堂主人征刺那（一作剎那）》，詩曰：

> 將壇拜了奉天誅，兔窟那容首鼠謀。
>
> 鼓角令嚴氈帳夜，弓刀聲動玉山秋。
>
> 野分萬灶蠻煙散，纊挾三軍士（一作喜）氣稠（一作周）。
>
> 碑記平淮宣（一作真）盛事，幞（一作暮）中還有退之否？
>
> 〔註177〕

〔註172〕杜甫著，聶石樵、鄧魁英選注：《杜甫選集》，上海：上海古籍出版社，1983年，第15頁。

〔註173〕杜甫著，聶石樵、鄧魁英選注：《杜甫選集》，上海：上海古籍出版社，1983年，第16頁。

〔註174〕蕭滌非等撰：《唐詩鑒賞辭典》，上海：上海辭書出版社出版，1986年，第436頁。

〔註175〕李炎：《以景寓意情韻綿綿——杜甫《春日憶李白》辯析》，《宜賓學院學報》，1990年第4期，第50～52頁。

〔註176〕蕭滌非等撰：《唐詩鑒賞辭典》，上海：上海辭書出版社出版，1986年，第436頁。

〔註177〕〔越〕文學院：《李陳詩文》（第三集），河內：社會科學出版社，1978年，第36頁。

詩中提起退之及其碑記文。退之，即韓愈（768 年～824 年），唐代著名文章家、思想家。而「碑記平淮宣盛事」，就是韓愈《平淮西碑》中稱頌的裴度功績。裴度（765 年～839 年），字中立，中唐傑出文學家、政治家，因平定淮西（今河南省東南部）立下赫赫戰功。

另一首是《落梅》，詩中出現了唐代大詩人白居易的形象，其詩曰：

緬想瑤池阿母遊，香山一曲（一作回）逞風流。

含章公主初粧額，金穀佳人忽墜（一作落）樓。

和月易生今夕夢，點窗猶帶舊年愁。

自開自落無情物，枉使吟翁盡白（一作吟翁白盡，又一作吟人白盡）頭。〔註 178〕

此詩引用了多個中國典故，其中有提到「香山」，即白居易（772 年～846 年）之號，其《與元九書》提出「文章合為時而著，歌詩合為事而作。」〔註 179〕此外，范汝翼的《賀盧判官增秩復任南策州》詩中提到劉禹錫（772 年～842 年），唐代著名詩人，有「詩豪」之稱。詩云：

棲遲別駕為民心，萬古甘棠十畝陰。

有意寇君煩願借，多情禹錫果重臨。

吟鞭幾度佳（一作催）山水，行橐依然舊鶴琴。

今日小生來偃室，共（一作只）緣仰德久彌深。〔註 180〕

〔註 178〕〔越〕文學院：《李陳詩文》（第三集），河內：社會科學出版社，1978 年，第 48 頁。

〔註 179〕白居易著，顧學頡校點：《白居易集．卷第四十五》（第三冊），北京：中華書局，1999 年，第 962 頁；鄭乃臧、唐再興主編：《文學理論詞典》，北京：光明日報出版社出版，1989 年，第 701 頁。

〔註 180〕〔越〕文學院：《李陳詩文》（第三集），河內：社會科學出版社，1978 年，第 550 頁。

此詩引用「借寇」〔註181〕、「一琴一鶴」〔註182〕、「偃之室」〔註183〕等不少典故，其中尤其作者借劉禹錫重遊玄都觀〔註184〕之事件，來祝賀盧判官雖一生仕途不順而最終亦能重來舊地當官之事，就像玄都觀中桃花之盛衰存亡或人生之悲歡離合。人生的一切，難以料得定。

四、小結

經由如上所闡述，揭示唐詩對越南陳朝漢詩的深遠影響，其中很

〔註181〕即寇恂（？～西元36年，《李陳詩文》（第三集）錯注為「寇遵」，見同注195，第551頁），字子翼，東漢開國名將。此典出《後漢書卷十六．鄧寇列傳．寇恂》，載：「恂歸潁川。三年，遣使者即拜為汝南太守，又使驃騎將軍杜茂將兵助恂討盜賊。盜賊清靜，郡中無事。恂素好學，乃修鄉校，教生徒，聘能為《左氏春秋》者，親受學焉。七年，代朱浮為執金吾。明年，從車駕擊隗囂，而潁川盜賊群起，帝乃引軍還，謂恂曰：『潁川迫近京師，當以時定。惟念獨卿能平之耳，從九卿復出，以憂國可也。』恂對曰：『潁川剽輕，聞陛下遠逾阻險，有事隴、蜀，故狂狡乘間相詿誤耳。如聞乘輿南向，賊必惶怖歸死，臣願執銳前驅。』即日車駕南征，恂從至潁川，盜賊悉降，而竟不拜郡。百姓遮道曰：『願從陛下復借寇君一年。』乃留恂長社，鎮撫吏人，受納餘降。」（見范曄著，劉龍慈等點校：《後漢書》，北京：團結出版社，1996年，第161頁）。「後人用此作為挽留政績卓著的官員繼續任職的典故。」（見廖盛春編著：《〈後漢書〉成語典故》，南寧：廣西民族出版社，2002年，第47頁）。

〔註182〕典出《夢溪筆談．人事一．趙抃傳》，載：「趙閱道為成都轉運使，出行部內，唯攜一琴一鶴，坐則看鶴鼓琴。嘗過青城山，遇雪，舍於逆旅。逆旅之人，不知其使者也，或慢狎之，公頹然鼓琴不問。」（見沈括撰，劉伯嚴、樊淩雲譯：《夢溪筆談》，北京：團結出版社，1996年，第115頁）。

〔註183〕原文：「子遊為武城宰。子曰：『女得人焉耳乎？』曰：『有澹臺滅明者，行不由徑；非公事，未嘗至於偃之室也。』（見徐芹庭著，徐耀環編校：《細說四書．論語．雍也第六》（上），新臺北：聖環圖書，2011年，第139頁）。

〔註184〕因看花題玄都觀詩諷刺權貴而被貶至嶺南。「一直過了十四年，才被召回長安任職。在這十四年中，皇帝由憲宗、穆宗、敬宗而文宗，換了四個，人事變遷很大，但政治鬥爭仍在繼續。作者寫這首詩，是有意重提舊事，向打擊他的權貴挑戰，表示決不因為屢遭報復就屈服妥協。」（見蕭滌非等撰：《唐詩鑒賞辭典．再遊玄都觀》，上海：上海辭書出版社出版，1986年，第844頁）。

明顯的是唐朝格律詩。這些影響在不同形式、不同層面上表現出來，有的詳細的、全面（完整）地接納，有的籠統的、片面（不具體）地接納。在這些接受或仿效中，最有充足依據、最容易看得到的表現就是，陳朝詩人從學習、借鑒、模仿唐朝詩歌體裁（稱為格律詩、近體詩或今體詩，其體詩篇中句數、字數、平仄、韻腳，等等皆有嚴格的規定）、借詞用語意到摘句（摘錄唐代詩人僧人詩歌偈頌之句）。甚至，當作詩賦時，陳朝詩人有時還引用了不少唐代著名詩人、僧人等眾多名家之形象及其相關的典故和事蹟。

從上面的引例顯而易見，在陳時漢文詩中出現了許多唐時文人形象，從趙州禪師、靈祐禪師、玄沙師備禪師、志勤禪師、資福智遠禪師等諸多唐朝禪宗僧人，到杜甫、李白、韓愈、白居易、劉禹錫、王勃、孟郊、孟浩然、李密等諸多唐詩著名詩人。依據《李陳詩文》（第二集和第三集），並經過初步搜索和統計，結果顯示唐朝文人形象及與他們有關的故事在陳朝漢詩中出現的次數，分別有杜甫出現至少 15 次；韓愈至少 7 次；李白至少 5 次；白居易至少 4 次；劉禹錫至少 2 次；而唐代文人出現一次的情況就更多了。當然，陳朝漢文詩中還出現了數位宋代文人及其有關的故事，諸如蘇軾（出現至少 5 次）、王安石（出現至少 2 次）以及一些唐前的其他文人和名家。

關於導致越南陳朝漢詩受容中國古典詩歌（尤其唐代今體詩）之要因，我們認為是來源於多方面的，而其中最主要原因是越南與中國之間的地緣政治及悠久歷史、文化等關係，這正如在本文第二章中大概作過了闡述。這幾個要因也為嚴明先生在《東亞漢詩研究》一書中將之具體化為「中國文化的長期浸染」、「科舉制度的影響」和「君主唱和風氣的引導」這三個主要原因。〔註 185〕而于在照先生《越南文學與中國文學之比較研究》〔註 186〕一書中也同樣指出「歷史、文化和民族文

〔註 185〕見嚴明：《東亞漢詩研究》，北京：中國書籍出版，2013 年，第 178～188 頁。

〔註 186〕本書屬 2014 年度中國國家出版基金專案；是在他的博士學位論文的

學審美心理」等三個主要原因。〔註 187〕

此外，通過上述用典，我們還知道陳朝漢詩特別受到中國儒教思想的影響，正如裴惟新（Bùi Duy Tân）先生在《越南中代文體、作家和文學作品之考及論》一書中所說的那樣：「在我國（指越南——筆者注），儒教思想對書面文學發展的影響與宗主國的（指中國——筆者注）想必是一樣深遠的。在很長的一段時間，整個東亞地區皆已自由、自覺而不是強加，以儒教為正統之學說……。我國歷朝一向皆選擇儒教，推崇儒教。儒教是支配了政治、經濟、社會、文化等領域的正統意識形態，其中包括教育、科舉和文章……。文章藝術受儒教所支配，造就了具有相同的文學觀念、審美觀念、寫同一種文體和同一種文字之作家群體。」〔註 188〕另有一個必須承認的事實是：古代不用說，甚至到了今天，也有不少越南詩人被中國古典詩歌所吸引，特別是唐詩的藝術魅力。越南唐詩研究家對唐詩的語言藝術皆評價很高，他們不僅著迷於唐詩的藝術表現手法，還對唐朝文人的才華和風骨表示感慕和崇拜。

第三節　陳朝漢詩的基本特質

在形成和發展的歷史上，越南陳朝漢詩仍主動承接、吸納中國傳統文化、古典文學的精髓。作家們一方面比丁、黎、李等各個朝代更高標準、更熟練地挑選及運用之，另一方面對一些淩轢不恰當的外來要素加以抵擋，自覺提高民族特性，進而形成了獨特的本色。可以看到，這一點在其整個運動和發展進程中從不同的方面體現出來，其

基礎上充實發展而成的。

〔註 187〕見于在照《越南文學與中國文學之比較研究》，廣州：世界圖書出版廣東有限公司，2014 年，第 249 頁；亦見于在照，《越南漢詩與中國古典詩歌之比較研究》，（洛陽），解放軍外語學院 2007 年博士論文，第 93 頁。

〔註 188〕〔越〕裴維新：《越南中代文學中的若干文體、作家和作品考論》（第二集），河內：國家大學出版社，2001 年，第 132 頁。

中最值得注意的是表現出越南民族精神的內涵，包括愛國精神、愛好和平、民族意識（使用喃字創作，表白獨立，不甘隸屬於任何外來干涉）。加之佛儒道三教在陳朝漢詩中也得到了融合，進一步表現出越南民族心魂之寬容與和諧。陳朝漢詩文作家的巧妙用典手法和精細程度，連元朝使者都大加讚賞。元朝尚書張顯卿曾因驚奇敬佩而發出了「『安南雖小文章在，未可輕談井底蛙』感歎，表現出了當時中原文人見到安南漢詩時的震驚和欽佩。」〔註 189〕陳朝漢詩的特質或不止於此，但至今保留下來的陳朝典籍文獻及其漢詩已經大多散佚。本人的研究囿於資料收集困難，加之文獻資料解讀標註和個人學識修養等各方面的限制，故目前本節僅圍繞於這一時期詩歌的三個突出點而加以闡述。

一、陳朝漢詩中的民族精神

詩文反映出的是與具體社會息息相關的意識形態，它反映出對祖國、故鄉、現實生活的種種認知、思想、感情、願望等內容。繼承了李朝名將李常傑《南國山河》詩中所代表的民族精神，陳朝詩文仍然發揚著這一愛國精神傳統。面臨著連續的外來侵略之危機，大越國朝野一心，始終保持警惕，並奮力保衛陳朝的獨立自主。陳朝的詩文創作主題因此反映了與戰爭相關的主要內容，讚頌了勇於反抗的豪邁氣勢，但同時也體現出和好互敬（和親政策）的精神、熱愛和平、重視鄰邦友誼。以下將對該時期出現的帶有民族精神的代表性漢詩佳作進行考察分析。

在陳朝漢詩中，有不少詩作體現出了當時大越民族將領的英雄氣概，諸如陳國峻（又稱興道王，1232 年？〔註 190〕～1300）的《口吟》

〔註 189〕嚴明：《東亞漢詩研究》，北京：中國書籍出版，2013 年，第 52 頁。

〔註 190〕關於陳國峻之生年，有許多說，上生年只是按照一些古籍文獻推論罷了；但《世界歷史詞典》載，陳國峻生於 1213 年（見靳文翰等主編：《世界歷史詞典》，上海：上海辭書出版社，1985 年，第 349 頁），我們認為此年生是不正確的，因為國峻父親生年為 1211 年。

詩。陳國峻，天長府即墨鄉人，陳朝宗室，陳太宗的兄長安生王陳柳（1211 年～1251 年）之子，「智勇雙全、才兼文武的英傑。」〔註 191〕《大越史記全書》載：「國峻，安生王子。初生時，相者見之曰：『他日可經邦濟世。』及長，容貌環偉，聰明過人，博習群書，有文武才。』」〔註 192〕陳國峻是越南史上的民族英雄之一，他於 1257 年、1285 年、1287 年～1288 年間，三次領導大越陳朝軍民擊退蒙古軍隊和元軍隊的進攻〔註 193〕，著有《兵家妙理要略書》（又稱《兵書要略》）、《萬劫宗密傳書》等兵書，已失傳，現存有一篇《諭諸裨將檄文》漢文傳世。此篇檄文受到越南學者琦邗（Tầm Vu）的高度評價：「可將之看作一篇長篇大論，結構特別邏輯，既觸動了心魂且打動了理智，帶有近乎整個民族精神、愛國精神和封建貴族專制的代表性。」〔註 194〕另外，陳國峻還留下了許多富有哲理的規誨，和一首題為《口吟》的五言詩，據說是他 6 歲時應口而作，詩云：

四七蘊胸中，八八探易象。

六花布陳圖，殺韃擒元將。〔註 195〕

關於陳國峻的出生，史書記載帶有傳奇色彩。其中說國峻一歲時會講

〔註 191〕陳應基編著：《舜裔姓氏及歷史影響》，蘭州：甘肅人民出版社，2004 年，第 476 頁。

〔註 192〕〔越〕吳士連撰：《大越史記全書》（第二冊），孫曉主編（標點校勘），重慶：西南師範大學出版社；北京：人民出版社，2015 年，第 316 頁。

〔註 193〕辭海編輯委員會編：《辭海·歷史分冊·世界史、考古學》，上海：上海辭書出版社，1982 年，第 122 頁。

〔註 194〕〔越〕琦邗：從《南國山河》（相傳是當時名將李常傑在抗宋的如月江陣地所作的詩作——筆者注）、陳國峻的《檄將士文》、阮廌的《平吳大誥》三詩篇看越南愛國思想的發展，引自〔越〕黎秋燕主編：《越南文學》，胡志明：教育出版社，2003 年，第 85 頁／Tầm Vu, *Sự phát triển của tư tưởng yêu nước Việt Nam qua ba áng văn "Nam quốc sơn hà", "Hịch tướng sĩ" và "Bình ngô đại cáo"*, in trong Lê Thu Yến chủ biên (2003), *Văn học Việt Nam*, Nxb. Giáo dục, tr.85）。

〔註 195〕〔越〕阮登熟：《越南思想——陳朝越南思想（1225～1400）》（第四集），胡志明：胡志明市出版社，1992 年，第 432 頁（Nguyễn Đăng Thục (1992), *Tư tưởng Việt Nam* (tập IV): *Tư tưởng Việt Nam thời Trần* (1225～1400), Nxb. TP. Hồ Chí Minh, tr.432）。

話（講故事），六歲時會布置「八陳圖」，能作五言詩。這首詩先是被收錄於《陳朝世譜行狀》（*Trần Triều thế phả hành trạng*）中，後又分別被收入《李陳詩文》（第二集）、阮登熟（Nguyễn Đăng Thục）《越南思想》等。其中《李陳詩文》的編委認為它只是傳說，是後人的附會，因而不將其列入陳國峻所作詩文，僅將之放在書中注腳中供參考。據越南文學院注釋，詩中的「四七」是指在空中的二十八星宿，意為心中懷抱著雄心壯志；「八八」是《易經》中的六十四卦；「六花」，即六花陣，又稱七軍陣（《李陳詩文》寫為「六華」，該改為「六花」——筆者注），「是由唐代李靖所創造的陣勢之名。」〔註 196〕更確切地說，「六花陣」是一個唐代名將李靖根據三國著名軍事家諸葛亮八陣圖演變而成。〔註 197〕《李衛公問對．卷中》載：「太宗曰：『朕與李勣論兵，多同卿說，但勣不究出處爾。卿所制六花陳法，出何術乎？』靖曰：『臣所本諸葛亮八陣法也』。」〔註 198〕因此這首《口吟》詩也許還存在著一些問題，它可能為了捧陳國峻的才華蓋世而加上了許多附會。實際上，這並不是我們在越南漢詩中遇到的第一個案例，在李朝詩文中也曾經遇到過。可取《神》詩（《南國山河》）來作為例證，這首詩或許只是一種傳奇，但無論如何，這必定就是由大越民族的某某人所作。作者藉由此詩，來向大越民族的這位名將表示仰慕——一位「聰明過人」、「有文武才」的越南將領，利用敵軍所造陣法來「殺韃擒元將」。除此之外，史書中還留下一段陳國峻與陳太宗君臣之間的對答，具體如下：

紹寶六年甲申（1284 年）十二月，冬天元軍第二次入侵，我國官軍抵抗失敗，退至萬劫。時帝御輕舟幸海東，召大王（陳國峻——筆者注）

〔註 196〕〔越〕文學院：《李陳詩文》（第二集），河內：社會科學出版社，1988 年，第 386 頁。

〔註 197〕郝樂編著：《新編國學知識全知道》，北京：海潮出版社，2010 年，第 202 頁。

〔註 198〕吳如嵩，王顯臣校注：《李衛公問對校注》，北京：中華書局出版，1983 頁，第 34 頁。

問曰：「傳言爭地以戰，殺人盈野。今賊勢如此，姑且降之以救萬民之命。」對曰：「陛下出此誠仁者之言，奈宗廟社稷何？臣請先斬臣頭，然後降賊。臣頭若在，社稷猶存。願陛下無憂，臣自有破賊之策。」〔註199〕從「臣請先斬臣頭，然後降賊。臣頭若在，社稷猶存」，或「先斷臣首，然後降」（《大越史記全書》）的這句話，可以看出陳國峻維護「宗廟社稷」的意識和大越民族意識非常強烈，以國朝具有最高貴而神聖之價值，需要全民族盡力保家護國，寧願被「斬頭」犧牲，也不能因仁者之言而投降。

陳國峻這段表示堅貞不屈精神的名言，令人想到西元1257年十二月十二日，元蒙軍首次入侵大越國，當時敵勢洶湧，而越軍較為弱勢。陳太宗「御小舟，就太尉日皎船問計。日皎方靠船，坐不能起，惟以手指點水，寫『入宋』二字於船舷。帝問星罡軍何在。星罡，日皎所領軍，對曰：『征不至矣。』帝即移舟問太師陳守度。對曰：『臣首未至地，陛下無煩他慮。』」〔註200〕

大越民族的這種英雄氣概，還體現在陳光啟的五言絕句詩《從駕還京師》中。乙酉年（1285）六月六日，陳光啟同弟陳日燏（1255年～1330年）在章陽渡和咸子關兩地擊敗元軍入侵，陳光啟收復升龍，陳朝二帝返回京師，陳光啟率兵從駕入城。陳光啟設宴犒勞將士時，即興口占一首著名的五言絕句詩曰：

奪槊（一作矟）章陽渡，擒胡咸子關。

〔註199〕〔越〕阮登熟：《越南思想——陳朝越南思想（1225～1400）》（第四集），胡志明：胡志明市出版社，1992年，第436頁；亦見〔越〕文學院：《李陳詩文》（第二集），河內：社會科學出版社，1988年，第386頁、〔越〕吳士連撰：《大越史記全書》（第二冊），孫曉主編（標點校勘），重慶：西南師範大學出版社；北京：人民出版社，2015年，第317頁等各類書籍。

〔註200〕見〔越〕吳士連撰：《大越史記全書》（第一冊），孫曉主編（標點校勘），重慶：西南師範大學出版社；北京：人民出版社，2015年，第272頁；參閱余富兆著：《越南歷史》，北京：軍事誼文出版社，2001年，第72～73頁。

太平當（一作須，一作宜）致力（一作務力），萬古此江山。〔註 201〕

據《李陳詩文》（第二集）注腳，「章陽」今屬河山平省常信縣〔註 202〕。《大越史記全書》載，乙酉年（1285）八月，「上相光啟、懷文侯國瓚（《李陳詩文》寫為「纂」——筆者改）及陳聰（《李陳詩文》寫為「通」——筆者改）、阮可臘（《李陳詩文》寫為「笠」——筆者改）與第阮傳，率諸路民兵敗賊於京城、章陽等處。賊軍大潰。太子脫驩、平章阿剌等，奔過瀘江」〔註 203〕。「咸子」（《越南歷史》寫為「鹹子」〔註 204〕）是在紅河左岸的一個地點，今屬越南海興省快州縣。乙酉年（1285）〔註 205〕四月在此處，昭文王陳日燏以及大越其他軍旅均大勝〔註 206〕。這首五絕詩，僅有短短二十個字，卻筆調英氣勃勃，寫出了在保衛祖國江山的事業中充滿著艱苦而挑戰的鬥爭。在章陽渡繳獲敵人武器、在咸子關活捉元軍將領，能夠立下如此大戰功，須流過多少血淚。因意識到和平之價值，故作者念念不忘而表明「從今以後，我們必須努力鞏固和平。我們的江山，將萬古長存」〔註 207〕。這些在「奪槊」、「擒胡」

〔註 201〕〔越〕文學院：《李陳詩文》（第二集），河內：社會科學出版社，1988 年，第 424 頁；亦見〔越〕吳士連撰：《大越史記全書》（第一冊），孫曉主編（標點校勘），重慶：西南師範大學出版社；北京：人民出版社，2015 年，第 296 頁。

〔註 202〕見〔越〕文學院：《李陳詩文》（第二集），河內：社會科學出版社，1988 年，第 425 頁。

〔註 203〕見〔越〕吳士連撰：《大越史記全書》（第一冊），孫曉主編（標點校勘），重慶：西南師範大學出版社；北京：人民出版社，2015 年，第 295 頁。

〔註 204〕見余富兆著：《越南歷史》，北京：軍事誼文出版社，2001 年，第 80 頁。

〔註 205〕《越南歷史》寫為「己丑（西元 1285 年）」（見余富兆著：《越南歷史》，北京：軍事誼文出版社，2001 年，第 80 頁）。

〔註 206〕見〔越〕文學院：《李陳詩文》（第二集），河內：社會科學出版社，1988 年，第 425 頁。

〔註 207〕見〔越〕明崢著，范宏科、呂谷譯：《越南史略》（初稿），北京：生活・讀書・新知三聯書店，1958 年，第 104 頁。

戰場上的將軍形象顯得威風凜凜、英姿煥發；詩中的語調滿懷信心、充滿民族自豪感。

在戰場上擊敗侵略軍的英雄形象，以及保衛大越江山的浴血戰鬥，這些民族精神還見於范五老的《述懷》詩中。《大越史記全書》載，范五老〔註208〕（1255年～1320年），上洪府唐豪縣扶擁鄉（今越南興安省恩施縣）人，陳朝著名武官，歷仕仁宗、英宗、明宗三代，陳國峻之子婿。好讀書，喜作詩吟詩，性倜儻有大志。五老是一位對大越國取得第二次與第三次抗元勝利有大功之將軍，史載其「每戰必勝」。五老治兵有紀律，治軍實施父子兵，對待軍士親如家人，與士卒同甘共苦，時人稱其軍隊為「父子之兵」。〔註209〕今存詩兩首，其中《述懷》揭示了他率領的軍隊有著雄偉氣勢：

> 橫槊江山恰幾秋，三軍貔虎氣吞牛。
>
> 男兒未了功名債，羞聽人間說武侯。〔註210〕

此詩的前兩句抒發了作者領軍的經歷和兵士從軍衛國的豪情壯志，後兩句流露出男子漢的遠大抱負，奪取功名，方顯大丈夫本色，不然愧對

〔註208〕見《大越史記全書》載，范五老為陳朝人，《李陳詩文》尚確認他生卒年為1255年～1320年。然而，見許多中國學者將范五老列入元人並皆說明他生卒年不詳，諸如无谷、劉卓英選注：《戰爭詩選注》，北京：書目文獻出版社，1984年，第272～273頁；李祝華、楊宇庭選注：《歷代軍旅詩選》，長沙：湖南文藝出版社出版，1988年，第162～163頁；流沙選注：《歷代詠武詩詞選》，合肥：黃山書社出版發行，1986年，第132～133頁；劉鳳泉等主編：《中國歷代軍旅詩三百首鑒賞》，濟南：山東友誼出版社，1999年，第443～444頁；陳友琴主編：《少年背誦增廣千家詩》，北京：北京古籍出版社，1990年，162～163頁；陳衍輯撰，李夢生校點：《元詩紀事》（下），上海：上海古籍出版社出版，1987年，第860頁，等等。

〔註209〕參閱〔越〕吳士連撰：《大越史記全書》（第二冊），孫曉主編（標點校勘），重慶：西南師範大學出版社；北京：人民出版社，2015年，第339～340頁。

〔註210〕〔越〕吳士連撰：《大越史記全書》（第二冊），孫曉主編（標點校勘），重慶：西南師範大學出版社；北京：人民出版社，2015年，第339頁；亦見〔越〕文學院：《李陳詩文》（第二集），河內：社會科學出版社，1988年，第562頁。

世人。開首兩句使用了「橫槊江山」和「貔虎氣吞牛」兩個場景，摹寫自己和越軍的氣概豪邁。「『橫槊』二字使驍勇英武的主帥形象躍然紙上，『貔虎』側重喻指將士威武雄壯的風貌，『氣吞牛』則是用誇張的手法極言他們的雄心膽略不同凡人。」〔註211〕後兩句對自身和士兵的提醒，尤其一旦成為一個男子漢了，就對社稷、對民族不能不建立功績。如果大丈夫沒有功名，聽到人們談論武侯的功績就感到羞愧。「武侯」是指蜀漢武鄉侯諸葛亮（181年～234年），三國時期蜀漢著名的政治家、軍事家。他曾輔佐劉備（161～223）建立蜀國，戰功卓著，封武鄉侯，時人稱諸葛亮武侯。「功名債」是說，大丈夫拼殺戰場，不但是建立功業而流傳後世的願望，還是臣民應有的責任。《中國歷代軍旅詩三百首鑒賞》對此詩如此評價：「本詩以豪邁的氣魂，雄健的筆力，抒發了建功立業的熱忱與抱負，給人以激昂慷慨之感。」〔註212〕

元軍雖經過多次慘重失敗，但從未停止併吞鄰邦、擴大自己領土之貪望。史載，1287年11月28日，元蒙軍向大越國發動第三次進攻，判首上位仁德侯瓆以水軍在多某灣打敗元朝軍。至1288年1月8日，元軍將烏馬兒率軍進犯龍興府，大越官軍與其會戰於大旁海外，繳獲元軍哨船三百艘，元軍多數被溺死。同年3月8日，元軍會師在白藤江上，而不知已進入大越軍伏擊圈，再次被打得人仰馬翻，元軍淹死甚多。大越軍俘獲烏馬兒、昔戾基玉、岑段、樊楫田等將領以及繳獲哨船四百餘艘。大越各元帥、萬戶、千戶獻捷於昭陵。〔註213〕大越軍取得最大戰勝，就是著名的白藤江大戰。當駕回天長在昭陵（即陳太宗之陵）開筵犒賞三軍時，陳仁宗因看見石馬之足均沾泥（因在此之前「元

〔註211〕劉鳳泉等主編：《中國歷代軍旅詩三百首鑒賞》，濟南：山東友誼出版社，1999年，第444頁。

〔註212〕劉鳳泉等主編：《中國歷代軍旅詩三百首鑒賞》，濟南：山東友誼出版社，1999年，第444頁。

〔註213〕參閱〔越〕吳士連撰：《大越史記全書》（第一冊），孫曉主編（標點校勘），重慶：西南師範大學出版社；北京：人民出版社，2015年，第298～300頁。

人嘗發昭陵，欲壞之，而梓宮不犯」)，借景作了這樣兩句進謁詩：「社稷兩回勞石馬，山河千古奠金甌。」〔註 214〕

白藤江是越南東北地區太平江的一條支流。明初永樂朝《交趾總志》(卷一）載：「白藤江在安和縣（今廣寧省安興縣)，上接都哩江，與峽江合流入海。」〔註 215〕而嗣德《大南一統志》詳記曰：白藤江「在安興縣西五里，源出海陽六頭江，流經水棠縣，分界二支：一從美江東流十七里，經硃谷山，東北流二十五里，合注端禮社為白藤江，南流至安興社津次；東分一支通於爭江其正流南轉二十九里，注於白藤海口。」〔註 216〕關於吳權在白藤江上之戰，歐陽修《新五代史・南漢世家第五》中載：南漢大有「十年，交州牙將皎公羨殺楊廷藝自立，廷藝故將吳權攻交州，公羨來乞師，(劉）龑封洪操交王，出兵白藤以攻之。(明年）龑以兵駐海門，權已殺公羨，逆戰海口，植鐵橛海中，權兵乘潮而進，洪操逐之，潮退舟還，轢橛者皆覆，洪操戰死，龑收餘眾而還。」〔註 217〕據史書記載，在白藤江發生過三次大戰，第一次是 938 年的水戰，吳權在白藤江大捷中攻破南漢軍；第二次發生在 981 年，前黎朝大將黎桓在此擊破宋軍水兵；第三次則發生在 1288 年，陳朝大將陳國峻在白藤江設伏，殲滅元朝水軍，取得了全勝。因此，白藤江成為了越南有名的歷史遺跡之一，是越南歷代文人創作無窮盡的感興源泉。

面臨白藤江古戰場，阮昶在七言絕句《白藤江》中感慨道：

京（一作鯨）覯如山草木春，海潮（一作湖）洶洶石嶙峋。

〔註 214〕〔越〕文學院：《李陳詩文》(第二集)，河內：社會科學出版社，1988 年，第 483 頁；亦見〔越〕吳士連撰：《大越史記全書》(第一冊)，孫曉主編（標點校勘)，重慶：西南師範大學出版社；北京：人民出版社，2015 年，第 300 頁。

〔註 215〕見郭聲波：《越南地名中的古代遺痕》，《暨南大學學報（哲學社會科學版)》，2013 年第 1 期，第 25 頁。

〔註 216〕見韓周敬：《1288 年元朝、安南戰爭中白藤江樁陣與下游河道考》，《紅河學院學報》，2016 年第 3 期第 14 卷，第 16 頁。

〔註 217〕見郭聲波：《越南地名中的古代遺痕》，《暨南大學學報（哲學社會科學版)》，2013 年第 1 期，第 25 頁。

誰知萬古重興業，半在關河半在人。〔註 218〕

「京觀」或「鯨觀」指敵屍堆聚成山，〔註 219〕如今草木茂盛。白藤江依舊獨存屹立、海潮洶湧澎湃、山石嵯峨嶙峋，猶如還是雄赳赳、氣昂昂的樣子。其雄威就像「重興」（陳仁宗之年號）時代的煊赫戰功。這是一個黃金時代，標誌著兩次反抗元蒙入侵的勝利。這些勝利來自何處？詩人認為主要是兩個原因，一是因為大越國山水嵯峨、地勢險要，二是來自陳國將士之智謀——取勝之鑰匙，陳朝將軍陳國峻效仿吳權作戰法，在白藤江設伏並藉海潮消退之勢將元軍困於木樁陣中，打得人仰馬翻。

陳奣（明宗）的一首七言八句的《白藤江》詩中，也可以看到那些濃濃的民族自豪感，詩曰：

挽（一作巉）雲劍戟碧巑岏，海蜃吞潮卷雪瀾。

綴地花鈿春雨霽，撼天松籟晚霜（一作風）寒。

山河古今雙開眼，胡越贏輸一倚欄。

江水渟涵斜（一作殘）日影，錯疑戰血未曾乾。〔註 220〕

陳奣，即陳明宗（1300 年～1357 年），陳英宗第四字，十五歲登基為帝，陳朝第五代君主，在位十五年，「漢詩水準顯然超過其父」〔註 221〕。此詩的首聯和頷聯採用了寫實與想像相結合的手法去勾描白藤山水大自然之景、地勢的險峻、海洋潮汐；頸聯中追憶到了白藤江第一次（983

〔註 218〕〔越〕文學院：《李陳詩文》（第二集），河內：社會科學出版社，1988 年，第 757 頁。

〔註 219〕「京觀（—guān），《左傳．宣公十二年》：「潘黨曰：『君盍築武軍而收晉屍，以為京觀。』杜預注：『積屍封土其上，謂之京觀。』」《漢書．翟方進傳》：『蓋聞古者伐不敬，取其鯨鯨，築武軍，封以為大戮。於是乎有京觀，以懲淫慝。』顏色師古師注：『京，高丘也；觀，謂如闕形也。』」（見夏征農主編：《辭海》，上海：上海辭書出版社，1989 年版，第 400 頁）。

〔註 220〕〔越〕文學院：《李陳詩文》（第二集），河內：社會科學出版社，1988 年，第 797 頁。

〔註 221〕見嚴明：《東亞漢詩研究》，北京：中國書籍出版社，2013 年，第 55 頁。

年）和第三次（1288 年）戰役，兩次分別擊敗南漢軍隊、蒙元軍隊，而為此感到驕傲；尾聯中寫江上傍晚時太陽西斜，江面上夕陽餘暉波光閃爍，就像雙方爭戰的鮮血積聚而染紅了整個白藤江面。

除了上面提到的兩首詩之外，還有其他一些漢詩對白藤江輝煌戰績進行褒揚讚頌，如范師孟的五言長篇《行役登家山》詩（一作《登石門山留題》）：

行役登家山，嬌首萬里天。
睹鵬南溟外，賓日東嶽前。
安阜天一握，象頭仞九千。
層層紫宵雲，會訪安期仙。
洶洶白藤濤，想像吳王船。
憶昔重興帝，刻轉坤斡乾。
海浦千艨艟，陝門萬旌旃。
反掌奠鼇極，挽河洗腥膻。
至今四海民，長說擒胡年。〔註 222〕

最全面描述和刻畫大越河山的壯麗秀美形象，乃至彰顯國家意識和剛強不屈的民族精神，幾乎凝結在陳朝作家張漢超的《白藤江賦》一篇中。張漢超（？～1354 年），字升甫，號遁叟，長安路安寧縣福城鄉（今河南寧省安慶縣福庵鄉）人，陳國峻之門客。1308 年，陳英宗時當為翰林學士，歷英宗、明宗、憲宗、裕宗四朝代，曾擔任左司郎中、左諫議大夫等重要之官，最後官至參知政事。1353 年，他領神策諸軍，鎮化州。次年，告病而歸京師，可未至而亡。他「為人骨鯁，排斥異端，有文章政事」。〔註 223〕張漢超為陳朝著名文士，亦為當時名儒。他曾親眼見證發生在白藤江上的兩國軍隊激烈水戰。現列舉《白藤江

〔註 222〕〔越〕文學院：《李陳詩文》（第三集），河內：社會科學出版社，1978 年，第 79 頁。

〔註 223〕〔越〕吳士連撰：《大越史記全書》（第二冊），孫曉主編（標點校勘），重慶：西南師範大學出版社；北京：人民出版社，2015 年，第 365 頁。

賦》全文如下，以見其特色：

客有：

掛汗漫之風帆，拾浩蕩之海月。

朝戛舷兮沅湘，暮幽探兮禹穴。

九江五湖，三吳百粵。

人跡所至，靡不經閱。

胸吞雲夢者數百，而四方之壯志猶闕如也。

乃舉楫兮中流，縱宇長之遠遊。

涉大灘口，溯東潮頭。

抵白藤江，是泛是浮。

接鯨波於無際，蘸鷁尾之相繆。

水天一色，風景三秋。

渚荻岸蘆，瑟瑟颼颼。

折戟沉江，枯骨盈邱。

慘然不樂，佇立凝眸。

念豪傑之已往，歎蹤跡之空留。

江邊父老，謂我何求。或扶藜杖，或棹孤舟。

揖予而言曰：

此重興二聖擒烏馬兒之戰地，與昔時吳氏破劉弘操之故洲也。

當其：

舳艫千里，旌旗旖旎。

貔貅六軍，兵刃蜂起。

雌雄未決，南北對壘。

日月昏兮無光，天地凜兮將毀。

彼必烈之勢強，劉龔之計詭。

自謂投鞭，可掃南紀。

既而：

皇天助順，寇徒披靡。

孟德赤壁之師，談笑飛灰。

苻堅合淝之陣，須臾送死。

至今江流，終不雪恥。

再造之功，千古稱美。

雖然：

自有宇宙，固有江山。

信天塹之設險，賴人傑以奠安。

盟津之會，鷹揚若呂。

濰水之戰，國士如韓。

惟此江之大捷，由大王之賊閑。

英風可想，口碑不刊。

懷古人兮隕涕，臨江流兮厚顏。

行且歌曰：

大江兮滾滾，洪濤巨浪兮朝宗無盡。

仁人兮聞名，匪人兮俱泯。

客從而賡歌曰：

二聖兮並明，就此江兮洗甲兵。

胡塵不感動兮，天古升平。

信知，不在關河之險兮，惟在懿德之莫京。〔註 224〕

通過寫景寓情、觸今懷古的手法，張漢超勾畫出了不同的歷史背景下的白藤江上的兩個形象：一個帶有當代性的形象，另一個帶有歷代性的形象。以當代的形象照射歷代的形象，使得此形象之美，點綴著彼形象之美。〔註 225〕一個壯闊的國家形象、一片太平的景象，而卻仍然引

〔註 224〕〔越〕文學院：《李陳詩文》（第二集），河內：社會科學出版社，1988 年，第 737 頁。

〔註 225〕裴文元：《白藤戰勝與張漢超的〈白藤江賦〉》，轉載〔越〕黎秋燕主編：《越南文學》，胡志明：教育出版社，2003 年，第 46 頁（Bùi Văn Nguyên, *Chiến thắng Bạch Đằng và bài phú của Trương Hán Siêu*, in trong

起了多少悲傷隱藏於其中，因為雖然深信正義最終總會戰勝邪惡，賦曰：「仁人兮聞名，匪人兮俱泯。」可是，世上有哪個勝利而不被損壞、喪失，甚至招致流血犧牲，這是無可避免的。賦又曰：「渚荻岸蘆，瑟瑟颼颼。折戟沉江，枯骨盈邱。慘然不樂，竚立凝眸。念豪傑之已往，歎蹤跡之空留。」正因為如此，大越人民在心內深處一向渴望能有一個和平的環境、過著與鄰邦無爭的生活。這種熱切渴望，可以從陳烇（英宗，1276 年～1320 年）的七言八句《送北使安魯威李景山》〔註 226〕詩中的最後兩句或阮忠彥的七言八句《太平路》詩中可以找到：

天危萬險扼孤城，才到京門地稍平。

秋色重生荒守跡，曉嵐遠隔趁圩聲。

江山有意分南北，蠻觸無心用甲兵。

胡越一家今日事，邊民從此樂三耕。〔註 227〕

阮忠彥（1289 年～1370 年），本名鶺，字邦直，號介軒，興安天詩士黃人；是陳朝巨儒，文章大家。〔註 228〕此詩引用《莊子‧則陽》中的「蠻氏」與「觸氏」〔註 229〕，暗指既是左右鄰居，就不要為了爭奪土地而

Lê Thu Yến chủ biên (2003), *Văn học Việt Nam*, Nxb. Giáo dục, tr.46）。

〔註 226〕〔越〕文學院：《李陳詩文》（第二集），河內：社會科學出版社，1988 年，第 577 頁。

〔註 227〕〔越〕羅長山：《越南陳朝使臣中國使程詩文選輯》，《廣西教育學院學報》，1998 年第一期，第 206 頁。

〔註 228〕「本名鶺，字邦直，號介軒。陳朝興安天詩士黃人。少以文章名世，時號神童。年十二成太學生，年十六中興隆甲辰科（一三零四）進士第二甲第一名。興隆二十年（一三一二）受命為諫官。大慶元年（中國元延祐元年一三一四）陳明宗即位奉使元朝報聘，次年抵達北京，年僅二十六歲。回國後賞爵二資，升任侍御史。因論事忤旨，被降職為炎明州通判。後擢任僉知聖慈宮事，歷興化安撫使、清化轉運，義安安撫使兼國史院修國史等，官至入內行遣、尚書右弼、兼知樞密院事。阮忠彥是陳朝巨儒，文章大家。」（見越南漢喃研究院，復旦大學文史研究院合編：《越南漢文燕行文獻集成》（第一冊），上海：復旦大學出版社，2010 年，第 3 頁。

〔註 229〕語出自：「有國於蝸之左角者曰觸氏，有國於蝸之右角者曰蠻氏，時相與爭地而戰，伏屍數萬，逐北旬有五日而後反。」（見冀昀主編：《莊子》，北京：線裝書局，2007 年，第 287 頁）。

經常互相征戰。誰都知，發生戰爭時，戰死的有數萬，流血成河，值得嗎？況且越國和胡國（元蒙）又像兄弟一樣。還有什麼比「越胡」兩地人民在各地的和平景象中耕地和平平安安地生活重要呢？這種和好的渴望在他的《丘溫驛》詩中也有強烈的表現：

挽盡天河洗甲兵，廟堂無意事邊征。
江山有限分南北，胡越同風各弟兄。
月滿蠻村閑夜柝，雨餘野燒樂春耕。
君恩未效涓埃報，一介寧辭萬里行。〔註230〕

這不只是阮忠彥個人的熱切願望，且體現了大越民族愛好和平的強烈願望。其實，在經過了三次征南失敗之後，曾出使安南的元朝使臣想到兩地的戰爭，就感到驚慌失色，連夢寐裏也覺得惶悚不安。正如元代陳孚〔註231〕（1240年～1303年）在《交州使還感事二首》中所說：「金戈影裏丹心苦，銅鼓聲中白頭生。已幸歸來身健在，夢中猶覺瘴魂驚。」〔註232〕除了愛好和平外，大越人民還顯得質樸敦厚、熱情好客。這在陳光啟的七言八句《送北使柴莊卿》詩中可以看到：「送君歸去獨彷徨，馬首駸駸指帝鄉。南北心旌懸反旆，主賓道味泛離觴。一談笑頃嗟分袂，共唱酬間惜對床。未審何時重睹面，殷勤握手敘暄涼。」〔註233〕每到逢年過節或其他佳節裏，越南人也表達了對遠方來賓宋朝使者的深切之情，贈送他們一些土儀，賞鑒大越的多姿多彩的民俗及各種菜

〔註230〕〔越〕漢喃研究院，復旦大學文史研究院合編：《越南漢文燕行文獻集成》（第一冊），上海：復旦大學出版社，2010年，第22頁。

〔註231〕「元代學者、詩人。字剛中，號笏齋，浙江臨海人。至元年間任河南上蔡書院山長。後調翰林院、國史院任編修，遷禮部郎中。曾出使安南。回國後，任翰林待制。大德間任天台路總管府治中。著有《觀光集》、《交州稿》、《玉堂集》。」（見徐元選注：《中國異體詩新編》，杭州：浙江大學出版社，2010年，第36頁）。

〔註232〕顧嗣立編：《元詩選》（二集），北京：中華書局出版社，1987年，第249頁。

〔註233〕〔越〕文學院：《李陳詩文》（第二集），河內：社會科學出版社，1988年，第425頁。

餅，如陳吟陳仁宗《饋張顯卿春餅》詩：「柘枝舞罷試春衫，況值今朝三月三。紅玉堆盤春菜餅，從來風俗舊安南。」〔註234〕

由此看來，大越人民一向對待鄰邦親切和好，但他們時刻將祖國領土、國家主權高於其他權利之上。意識到自己是一個獨立主權的民族，所以就像阮忠彥所說的「胡越同風各弟兄」，可以「江山有限分南北」。除了上述內容的表現，這一時期的詩歌形式上也出現了一大部分使用漢喃文寫作的詩人，如《大越史記全書》載：壬午四年元至元十九年（1282年）「秋八月，諒江守臣梁蔚驛奏，元右丞相唆都領兵五十萬，聲言假道征占城，實則來侵。時有鱷魚至瀘江，帝命刑部尚書阮詮為文投之江中，鱷魚自去。帝以其事類韓愈，賜姓韓。詮又能國語賦詩，我國賦詩多用國語，實自此始。」可惜，其喃字賦詩至今絕大多都已失傳，但從此越南民族開始重視漢喃文並逐步發展。喃字著作有陳朝仁宗《居塵樂道賦》（總有十會）、胡季犛將《尚書·無逸篇》譯成國語字（喃字），編纂了《國語詩義》並作序。黎聖宗和騷壇會有《洪德國音詩集》，阮秉謙有《白雲國語詩》。後黎朝的鄭根、鄭棡、鄭楹、鄭森等四位王，皆有以喃字作詩。其中，最具代表性的有阮廌《國音詩集》收喃字詩250餘首，阮攸《翹傳》名作有3254行的六八體喃字長篇敘事詩〔註235〕，還有阮嘉韶《宮怨吟曲》、阮輝嗣《花箋傳》、女詩人段氏點《征婦吟曲》喃字譯本、女詩人胡春香喃字詩等等〔註236〕。這些都表現出大越民族的精神——寬容大度和愛好和平。

二、陳朝漢詩中的三教融合

「三教」即佛教（以釋迦牟尼為代表）、儒教（以孔子為代表）、

〔註234〕〔越〕文學院：《李陳詩文》（第二集），河內：社會科學出版社，1988年，第458頁。

〔註235〕參閱〔越〕陳儒辰：《越南文學——10世紀至整個19世紀》，河內：越南教育出版社，2012年，第121～127頁。

〔註236〕參閱〔越〕裴維新：《越南中代文學中的若干文體、作家和作品考論》（第二集），河內：國家大學出版社，2001年，第74頁。

道教（以老子為代表）三支系的合稱。「三教融合」是指佛、儒、道三家思想體系中的互相結合、融會貫通、混合雜陳，共同構成「合一」（合為一體）的思想整體，以滿足在一些特殊社會歷史背景下的政治和文化之需要。它是屬於東亞和東南亞地區主要國家思想史上普遍存在的一種現象，其中最值得注意的是中國、越南、日本和朝鮮（韓國）等組成的東亞「漢字文化圈」（亦稱「儒家文化圈」、「佛學文化圈」、「漢文化圈」、「漢文化區」、「漢文明」等名稱）國家。這種東亞三教融合現象在哲學、思想、宗教、文化、藝術等研究專案中被許多研究家提起，但在詩歌研究方面卻幾乎很少有人去關注，尤其是越南陳朝漢文詩，因此接下來將通過陳朝詩文中的若干例子，指出其三教融合的具體表現，以之作為這一時期呈現的一種詩文特質。

從頭到尾看完《陳朝詩文》（第二集和第三集）中的每一首之後，筆者發現這一時期有一些作家在自己作品中已經使用了不少佛、儒、道三家的術語；同時，我們見到這些作品中所表現的內容，表明了佛儒道思想體系的融合，而歸根結底，如果一個作家在創作時借了某種教派的術語，表達自己的思想感情，那麼也說明其或多或少皆受到三教思想體系的影響。在此基礎上，我們將進行考察一些典型詩作。

關於佛儒道三家思想的融合，最具明顯表現的詩文創作之一，可以說是陳煚的《課虛錄・普說四山》漢文作品。首先，我們試以其中的《一山》為例看：

> 解曰：一山者，生相也。有差一念，故現多端。托形骸於父母之精，假孕育於陰陽之氣。冠三才而中立，為萬物之至靈。不論上智下愚，盡屬胚胎之內。豈問一人兆姓，咸歸槖籥之中。或太陽表，聖主之挺生；或列宿應，賢臣之間出。文筆掃千軍之陣，武略收百戰之功。男兒誇擲果之姿，女子逞傾城之色。一笑傾人國，再笑傾人城。競名誇麗，爭異鬥珍。看來總是輪回，到底難逃生化。人之生相，歲乃春時。

壯三陽之亨泰，新萬物之萃榮。一天明媚村村柳綠花紅，萬里風光處處鶯啼蝶舞。遂有偈云：

真宰薰陶萬象成，本來非兆又非萌。

祇差有念忘無念，卻背無生受有生。

鼻著諸香舌貪味，眼盲眾色耳聞聲

永為浪蕩風塵客，日遠家鄉萬里程。〔註 237〕

這篇中的「山」形象，就是暗喻著宇宙中萬事萬物之真諦，包括人生在內；「四山」是泛指人在一生中迫使度過的四個重要階段，以之喻眾生老病死衰之四相。《法華經玄贊要集・卷九》云：「四山從四方來。欲害人民。四山即是眾生生老病死。常來切人。云何大王不修於施戒等。實非是山。而名為山。故名非喻。」〔註 238〕進入第一山，作者就借用佛教思想，認為一切均由人的意念產生，只因「有差意念」而產生千緒萬端並造成這個形體形骸，正如佛教教理中的「無明緣行，行緣識，識緣名色，名色緣六入，六入緣觸，觸緣受，受緣愛，愛緣取，取緣有，有緣生，生緣老死」十二因緣〔註 239〕（亦稱十二緣起、十二支、十二緣生、十二緣門、二六之緣等名）。此十二因緣即是構成友情眾生生存並

〔註 237〕〔越〕文學院：《李陳詩文》（第二集），河內：社會科學出版社，1988 年，第 40 頁。

〔註 238〕見 CBETA 電子佛典 2016 年——《法華經玄贊要集〔卷 9〕》——X34, No.0638。

〔註 239〕參閱：「爾時，商人中有一優婆塞信佛、信法、信比丘僧，一心向佛、法、僧，歸依佛、法、僧，於佛離疑，於法、僧離疑，於苦、集、滅、道離疑，見四聖諦得第一無間等果，在商人中與諸商人共為行侶。彼優婆塞於後夜時端坐思惟，繫念在前，於十二因緣逆順觀察，所謂是事有故是事有，是事起故是事起。謂緣無明行，緣行識，緣識名色，緣名色六入處，緣六入處觸，緣觸受，緣受愛，緣愛取，緣取有，緣有生，緣生老、死、憂、悲、惱、苦。如是純大苦聚集；如是無明滅則行滅，行滅則識滅，識滅則名色滅，名色滅則六入處滅，六入處滅則觸滅，觸滅則受滅，受滅則愛滅，愛滅則取滅，取滅則有滅，有滅則生滅，生滅則老、死、憂、悲、惱、苦滅，如是如是純大苦聚滅。」（見 CBETA 電子佛典 2016 年——《雜阿含經〔卷 22〕》——T02, No.0099。

涉過去、現在、將來三世而輪回於天、人、阿修羅、畜生、餓鬼、地獄六道次第之十二條件。它也如老子所說的「道生一，一生二，二生三，三生萬物」〔註 240〕類似的論斷。接著，「托形骸於父母之精，假孕育於陰陽之氣」之意，可能作者受到中華古代醫學理論和陰陽哲學的影響，或許其出自《黃帝內經·本神第八》的「天之在我者德也，地之在我者氣也，德流氣薄而生者也。故生之來謂之精，兩精相搏謂之神，隨神往來者謂之魂」〔註 241〕，這是一本在黃老道家理論上建立而成的綜合性的醫書。抑或，「豈問一人兆姓，咸歸橐籥之中」的「橐籥」一詞，作者從老子的「天地之間，其猶橐籥乎？虛而不屈，動而愈出」〔註 242〕借來。此外，陳煚還借用一些帶有濃厚儒教色彩的詞，如「冠三才而中立」句中的「三才」。「三才」是指天、地、人。最早出自《易經·繫辭下傳》:「《易》之為書也，廣大悉備，有天道焉，有人道焉，有地道焉。兼三才而兩之，故六。六者非它也，三才之道也。」〔註 243〕《易經·說卦傳》又云:「昔者，聖人之作《易》也，將以順性命之理。是以立天之道，曰陰與陽；立地之道，曰柔與剛；立人之道，曰仁與義。兼三才而兩之，故《易》六畫而成卦。」〔註 244〕亦見《三字經》:「三才者，天地人。三光者，日月星。」〔註 245〕抑或「為萬物之至靈」，此語出《尚書·周書·泰誓上》:「惟天地萬物父母，惟人萬物之靈。」〔註 246〕抑或「聖主之挺生」的「聖主」是指英明天子、老、孔等聖賢，或者指

〔註 240〕見鄭鴻：《老子思想新釋》，美國：八方文化企業公司，2000 年，第 54 頁；樓宇烈：《老子道德經注校釋》，北京：中華書局，2008 年，第 117 頁。

〔註 241〕見楊永傑，龔樹全主編：《黃帝內經》，北京：線裝書局，2009 年，第 248～249 頁、田代華，劉更生校注：《靈樞經校注》，北京：人民軍醫出版社，2011 年，第 44 頁等各類書籍。

〔註 242〕見鄭鴻：《老子思想新釋》，美國：八方文化企業公司，2000 年，第 176 頁。

〔註 243〕于春海譯評：《易經》，長春：吉林文史出版社，2010 年，第 209 頁。

〔註 244〕于春海譯評：《易經》，長春：吉林文史出版社，2010 年，第 212 頁。

〔註 245〕劉彥編：《三字經》，天津：新蕾出版社，2008 年，第 17 頁。

〔註 246〕孔丘等編著：《四書五經》，北京：線裝書局，2007 年，第 268 頁。

釋迦牟尼之尊號——一個泛指籠籠統統而具品格最高尚、智慧最高超之聖人的代詞。上述各詞以及其大意是在陳朝作家的一個「實體」中最明顯的佛儒道三教觀念的融合和貫通之表現。

其次，陳晛《普說四山》中的一首《三山》偈，也體現了佛儒道「三教在世，亦缺一不可」的三教並立至三教合一，其中特別是佛、老「二道」思想的融合精神。作者借道教的術語，載佛教入世精神的含義，如下面偈中清晰可見：

陰陽愆德本相因，變作災屯及世人。

大抵有身方有病，若還無病亦無身。

靈丹謾詫長生術，良藥難令不死春。

早願遠離魔境界，回心向道養天真。〔註 247〕

「陰陽」（或就像有「愆德」、呼吸、晝夜、寒暑、短長、上下、天地、男女、雌雄之類別），是在宇宙間所體現的一個對立而統一並互化之範疇；是推動萬事萬物包括人類社會在內運動、變化和發展甚至衰退消亡的本源和原動力。它源自中華的道教，是一切事物的對立統一互根轉化相成的關係，就像「藕中有藕」、「一分為二」的觀點或命題。然而，若從佛家的角度來看，它又是導致人類痛苦的原因之一。我們形體形骸的形成也是由各種因素和合而成的，從而構成了這個「身」體。而既有了「身」，必然就有「病」。換言之，若果沒有身體，就不會有疾病。一旦有「身」了，不論有了「靈丹」——一種道士煉的長生不老之丹藥，也不能致使春天永遠是春天。正是因為如此，陳晛多次規勸人們，若欲早日消除人生的種種痛苦，則要「回心向道」，撫養「天真」。也就是勸勉人們不忘初心，回歸本質——樸實、良善直率的性格。就漁父而言就是「精誠之至也」（精誠的極致）。這最早出自《莊子・雜篇・漁父》云：「真者，所以受於天也，自然不可易也。故聖人法天貴真，不拘於

〔註 247〕〔越〕文學院：《李陳詩文》（第二集），河內：社會科學出版社，1988年，第 41 頁。

俗。」〔註 248〕而唐代詩人杜甫借其大意在五言長篇《寄李十二白二十韻》詩中云：「劇談憐野逸，嗜酒見天真。」（對野逸而見天真）〔註 249〕然而，陳煚借用「天真」這個詞，指的是佛教的「真如」（梵語 bhūtatathatā）或如《壇經》所說的「自性清淨」。

如果「天真」就像漁父所說的是自然的本真，不拘泥於世俗，那麼在陳朝居士陳嵩詩〔註 250〕中幾乎是無所不在的，正如陳昑（仁宗）曾在《上士行狀》對他稱讚曰：「混俗和光，與物未嘗觸忤，故能紹隆法種，誘掖初機，人或參尋，略示綱要，令其住心，性任行藏，都無名實。」〔註 251〕有關「混俗和光」精神，仁宗又曰：「裕陵（即指陳煚／太宗——筆者注）久響其名，遣使延至闕下。凡對御皆超俗之譚。因推為師兄，賜今號，須入侍。太后享以盛饌，遇肉但喫，太后怪問：『阿兄談禪食肉，安得成佛耶？』上士笑曰：『佛自佛，兄自兄。兄也不要做佛，佛也不要做兄。不見古德道：『文殊自文殊。解脫自解脫？』。」〔註 252〕其實，「混俗和光」或「和光同塵」一語，早出自《道德經．第四章》：「和其光，同其塵。」〔註 253〕或《道德經．第五十六章》：「塞其兌，閉其門，挫其銳，解其紛，和其光，同其塵，是謂玄同。」鄭鴻新釋：「本章的主題是人們如何才可和自然取得融洽。老子說：依從道的人，必須閉門靜心，掃除一切成見和外來的各種污染。然後，磨去對外的銳角，以達到與人和平相處不爭；解除內心的矛盾和糾紛，以建立

〔註 248〕見冀昀主編：《莊子》，北京：線裝書局，2007 年，第 349 頁。

〔註 249〕見杜甫著，仇兆鼇注，秦亮點校：《杜甫全集》，珠海：珠海出版社，1996 年，第 544 頁。

〔註 250〕下文詳參《陳嵩之入世思想》條，引自阮福心：《越南陳朝佛教『入世精神』之思想研究》，臺灣元智大學中國語文學系研究所碩士學位論文，2011 年，第 85～92 頁。

〔註 251〕〔越〕文學院：《李陳詩文》（第二集），河內：社會科學出版社，1988 年，第 538 頁。

〔註 252〕〔越〕文學院：《李陳詩文》（第二集），河內：社會科學出版社，1988 年，第 538 頁。

〔註 253〕鄭鴻：《老子思想新釋》，美國：八方文化企業公司，2000 年，第 37 頁。

不為私欲控制的涵養；柔和耀眼的虛華，以免過度的自傲。這樣的努力，才能和塵世取得融洽。」〔註 254〕在此看來，陳嵩多多少少受到道家思想的影響；只是，在這裏，他僅藉之來發抒「投身」和「和群」的精神。就是說，身雖同於塵俗，反而不染世俗以及不受任何拘束和執著。此「隨俗」精神尚見於《物不能容》中，詩寫道：

躶國欣然便脫衣，禮非亡也俗隨宜。

金穿秃嫗為懸杙，明鏡盲人作蓋巵。

玉橾入琴牛不聽，花妝瓔珞象何知。

籲嗟一曲玄中妙，合把黃金鑄子期。〔註 255〕

就陳嵩而言，入國問俗，活需「隨宜」，便宜行事，靈活處世。這種精神並不是亡禮或失掉禮儀，更不是隨便處事，而是順其自然，隨俗而處，如《頌古》一篇中有頌云：「寒自著衣熱脫衣，無寒無熱有誰知。但看御柳宮花色，不獨尋春壞四時。」〔註 256〕又如《持戒兼忍辱》：「喫草與喫肉，眾生各所食〔註 257〕。春來百草生，何處見罪福。」〔註 258〕與塵世洽同，卻不為俗世所污染，不受任何雜念或紅塵牽絆，就像蓮花「出淤泥而不染，濯清漣而不妖」〔註 259〕，陳柳注：「蓮生在污泥中而纖塵不

〔註 254〕鄭鴻：《老子思想新釋》，美國：八方文化企業公司，2000 年，第 85～87 頁。

〔註 255〕〔越〕文學院：《李陳詩文》（第二集），河內：社會科學出版社，1988 年，第 257 頁。

〔註 256〕〔越〕文學院：《李陳詩文》（第二集），河內：社會科學出版社，1988 年，第 331 頁。

〔註 257〕《上士行狀》筆寫為「屬」字（見《上士行狀》，轉載〔越〕文學院：《李陳詩文》（第二集），河內：社會科學出版社，1988 年，第 540 頁。

〔註 258〕〔越〕文學院：《李陳詩文》（第二集），河內：社會科學出版社，1988 年，第 290 頁。

〔註 259〕原文：「水陸草木之花，可愛者甚蕃。晉陶淵明獨愛菊；自李唐來，世人甚愛牡丹；予獨愛蓮之出淤泥而不染，濯清漣而不妖，中通外直，不蔓不枝，香遠益清，亭亭淨植，可遠觀而不可褻玩焉。予謂菊，花之隱逸者也；牡丹，花之富貴者也；蓮，花之君子者也。噫！菊之愛，陶後鮮有聞；蓮之愛，同予者何人？牡丹之愛，宜乎眾矣！」（周敦頤《愛蓮說》，轉載張金華編著：《中華文典》，北京：北京出版社，

染，沐浴清水豔不妖」，〔註 260〕因而它象徵超凡脫俗的人生境界。蓮花的脫俗與陳嵩的脫俗，是否一如？其在他的七言八句《示眾》詩中可略見一斑：「休尋少室與曹溪，體性明明未有迷。古月照非關遠近，天風吹不揀高低。秋光黑白隨緣色，蓮蕊紅香不著泥。妙曲本來須舉唱，莫尋南北與東西。」〔註 261〕人們當能不受外在因素支配時，就在什麼地方也可以修行、也可以感到「安心」，如他的七言絕句《訪僧田大師》詩中寫道：「不要朱門不要林，到頭何處不安心。人間盡見千山曉，誰聽孤猿啼處深。」〔註 262〕這似乎與道教思想中道之概念非常接近。

實則，在原始佛典中，並不是完全沒有這種「隨俗」精神，如《大般涅槃經》云：「諸佛隨俗……不入地獄，汝云何入？」〔註 263〕《入菩薩行論廣解》則曰：「若我為他之罪緣，我亦應入地獄。」〔註 264〕或佛教經典中的「上求菩提，下化眾生」、「懈怠墜落，常行精進」、「廣學多聞，增長智慧，成就辯才，教化一切」等類似之語。這也是地藏菩薩的宏誓大願。但可說，此入世色彩直至「中國唐代產生了真正中國化的佛教——禪宗」〔註 265〕就更加明顯。這個時代的代表人物就是唐朝六祖惠能大師，如其《壇經》云：「佛法在世間，不離世間覺，離世覓菩提，恰如求兔角。」〔註 266〕就是說佛法並不在某處遙遠的地方，不可在世

2008 年，第 257 頁）。

〔註 260〕見陳柳編著：《古典散文活學活用》，北京：金城出版社，3006 年，第 133 頁。

〔註 261〕〔越〕文學院：《李陳詩文》（第二集），河內：社會科學出版社，1988 年，第 265 頁。

〔註 262〕〔越〕文學院：《李陳詩文》（第二集），河內：社會科學出版社，1988 年，第 228 頁。

〔註 263〕見 CBETA 電子佛典 2016 年——《大般涅槃經〔卷 20〕》——T12, No.0374。

〔註 264〕見 CBETA 電子佛典 2016 年——《入菩薩行論廣解〔卷 6〕》——ZW04, No.0033。

〔註 265〕見傅紹良：《盛唐禪宗文化與詩佛王維》，臺北：佛光出版社，1999 年，第 30～31 頁。

〔註 266〕見六祖惠能大師：《六祖法寶壇經》，高雄：禪心學苑，2009 年，第 44～45 頁。

間之外去求取正覺（Sambodhi）。眾生本來具備慧覺、自性，只要認取自心，「明心見性」，則此身即是佛身，現實世間亦即是淨土的境界。他注重現世生活，並同時強調主體是人的內在，是以人皆有能成佛的可能與根據。每個人的覺悟，乃靠其個體的本身、個體的自心，無法靠他人。《壇經》所論，已經將涅槃的境界現世化，佛聖或自性本心具體化，把彼岸淨土的境界回歸至實在的現實生活：「佛向性中作，莫向身外求。自性迷即是眾生，自性覺即使佛。慈悲即是觀音，喜捨命為勢至，能淨即釋迦，平直即是彌陀。」〔註 267〕在這一理念方面，儒家的孔子亦曰：「道不遠人，人之為道而遠人，不可以為道。」〔註 268〕

然而，有人會覺得陳嵩正像儒士不願入仕、厭於爭名奪利於朝而寧願選擇隱居的逍遙，如其雜言體長篇《抽唇吟》詩云：「歸歟道隱兮山林，灰卻利名兮朝市。少室九年兮與我同心。黃梅半夜兮與我知己。隨分兮蓮社攢眉，豁志兮趙州叩齒。」〔註 269〕事實上，陳嵩看透了塵世，明知道「我」這形骸、「我」這一生乃至人世間所有的榮華富貴，均為變化無常，終歸須衰落滅亡的，就像一朵在天空中漂浮不定的白雲一樣，聚了又散，散了又聚。這一點在陳嵩漢詩中多有表現，諸如《凡聖不異》的「我人似露亦似霜，凡聖如雷亦如電。功名富貴等浮雲，身世光陰若飛箭。」〔註 270〕《放狂吟》的「咄咄浮雲兮富貴，籲籲過隙兮年光。胡為兮官途險阻，叵耐兮世態炎涼。深則厲兮淺則揭，用則行兮捨則藏。放四大兮莫把捉，了一生兮休奔忙。適我願兮得我所，生死相逼兮於我何妨。」〔註 271〕《抒辭自警文》的「光陰流水，

〔註 267〕見六祖惠能大師：《六祖法寶壇經》，高雄：禪心學苑，2009 年，第 52 頁。

〔註 268〕見宋天正注譯，楊亮功校訂：《中庸今注今譯》，臺北：臺灣商務印書館，2009 年，第 24 頁。

〔註 269〕〔越〕文學院：《李陳詩文》（第二集），河內：社會科學出版社，1988 年，第 292 頁。

〔註 270〕〔越〕文學院：《李陳詩文》（第二集），河內：社會科學出版社，1988 年，第 285 頁。

〔註 271〕〔越〕文學院：《李陳詩文》（第二集），河內：社會科學出版社，1988

富貴浮雲。風火散時，老少成塵。」〔註272〕

繼承陳嵩「隨宜」、「隨俗」或「隨緣」等精神，陳昑認為覺悟體性原來存在每個人的心裏，為實現其覺悟自性，則必須效法「不追求」的方法，即是不對象化、具體化「覺悟自性」，因若我們對象化「彼岸」（梵語 Pāra），則我們總是從事追捕對象。生活應愉快的互相合作，隨著天人之道、順著自然之理。餓了就吃，渴了就喝，累了就休息，不必要悔過去，也不必要等待未來。因人生想要追求的對象不外是幸福安樂，而幸福安樂不在過去和未來，而是在當下——此時此地。這是我們在他詩文中能找到的主要內容之一，典型代表作有一篇漢喃文《居塵樂道賦》（共十會），現摘錄其中結尾部分的四句偈，以見一斑：

居塵樂道且隨緣，

饑則飡兮困則眠。

家中有寶休尋覓，

對鏡無心莫問禪。〔註273〕

當「對境無心」時，行者將達到圓滿安樂，對動靜之心亦瞭如指掌，這也是佛門禪修的最高遠境界，正如陳昑有次向陳嵩問道：「我知上士（即陳嵩——筆者注），門風高峭。一日請問其本分宗旨？上士應曰：『返觀自己本分事，不從他得。』」〔註274〕誠如上述陳煚、陳嵩等的觀點一樣，陳昑從本體論（心）出發，認為現象世界唯是認識的造作產物，萬法有無交織、生滅無常，因此他主張生活就應隨順自然之理，「饑則飡兮困則眠」，意思是說，不對象化「涅槃」來追求之。這與道家思想中的「無為」觀念有相似處。《道德經．第三十七章》云：「道常無為而無

年，第279頁。

〔註272〕〔越〕文學院：《李陳詩文》（第二集），河內：社會科學出版社，1988年，第295頁。

〔註273〕〔越〕文學院：《李陳詩文》（第二集），河內：社會科學出版社，1988年，第504頁。

〔註274〕〔越〕文學院：《李陳詩文》（第二集），河內：社會科學出版社，1988年，第541頁。

不為，侯王若能守之，萬物將自化。」〔註 275〕這就意味著，「道」永遠是順任自然、無所作為的，卻又是無所不為的（任何事情都能做得到），侯王如能持守「道」，萬物就會自然生長和化育。然而，此僅乃陳昑的修行觀念或修禪方法，而一個大丈夫居世的責任問題就有所不同了，如七言八句詩《和喬元郎韻》云：「生無補世丈夫慚。」〔註 276〕他認為，丈夫居世而沒有益於社會，真是可恥的。這裏的「丈夫」，顯然不僅指普通成年男子，而是指孟子觀念中的「以天下自任」之大丈夫。《孟子・滕文公下》一文曰：「居天下之廣居，立天下之正位，行天下之大道。得志與民由之，不得志獨行其道。富貴不能淫，貧賤不能移，威武不能屈。此之謂大丈夫。」〔註 277〕《孟子・盡心上》又云：「窮則獨善其身，達則兼濟天下。」〔註 278〕

以上是我們在陳朝漢文詩中可以看到的佛儒道三家之間的思想融合表徵。陳朝漢詩人在創作中熟練而自然地將其運用結合，體現出他們的立身處世觀念、人生理念以及詩中的用詞借典，造出了一股「三合為一」的思想傾向，確立了你中有我、我中有你，互相配合、互相補充並立共存包容的思辨關係，形成了自己獨具特色的文化，支配了大越社會民族的精神世界，並融入鄉土文化中，從此變成越南詩歌的常用素材。在那裏，三教已然融合一體，以至於讀者難以發現，或難以辨認其是屬於哪個教派的思想。

三、陳朝漢詩中的用典特色

要先肯定的是，用典（或稱運典、運事、引事、用事、使事、隸事等等）這種語言表達手段是世界詩文語言中存在的普遍現象，它不

〔註 275〕鄭鴻：《老子思想新釋》，美國：八方文化企業公司，2000 年，第 140 頁。

〔註 276〕〔越〕文學院：《李陳詩文》（第二集），河內：社會科學出版社，1988 年，第 477 頁。

〔註 277〕徐芹庭著，徐耀環編校：《細說四書》（下），新臺北：聖環圖書，2011 年，第 255 頁。

〔註 278〕徐芹庭著：《細說四書》，新臺北：聖環圖書，2011 年，第 494 頁。

僅普遍存在於中華詩文之中，甚至還普遍存在於其他國家詩文之中。〔註 279〕用典或事類一詞在詩文中的意義，早見於劉勰（約 465 年～約 521 年）的《文心雕龍·事類三十八》中，曰：「事類者，蓋文章之外，據事以類義，援古以證今者也。」譯：「事類，就是文章在表達作者的情志外，用往事來類比其義，援引古代的例子來驗證現在。」〔註 280〕對於其功能，他曰：「故事得其要，雖小成績，譬寸轄制輪，尺樞運關也。」譯：「使事用典能得要義，即使是小事也能收到效果，比如寸許長的車轄能控制車輪，尺把長的轉軸能轉動門戶。」〔註 281〕換言之，用典若恰當，則能達到以簡馭繁、以少總多的效果。而中國現代詩人、古代文學研究專家林庚（1910 年～2006 年）在《唐詩綜論·唐詩的語言》中則曰：「詩文中的用典，原是為了精練概括，借古喻今，把複雜的涵義通過簡單的典故表達出來。」〔註 282〕廣而言之，用典的主要功能特點是借詩詞、借詩句、借經典、借事（借助神話傳說、歷史人物、寓言故事、人間故事）等等，來表達自己的某種意志願望、立場態度等。

然而，詩文中的用典，始於何時尚難確定。不過，用典這種修辭手法在中華——世界上歷史最悠久的國家之一，很早就被提及了。劉勰《文心雕龍·才略第四十七》曰：「自卿、淵已前，多役才而不課學；雄、向已後，頗引書以助文。」譯：「在司馬相如、王褒以前，作家大多驅使才氣而不講學問；揚雄、劉向以後，則多引用古書以助寫作。」〔註 283〕這條消息中，咱們可以知道，從西漢末著名的哲學家、文學家

〔註 279〕參閱李文沛：《詩歌用典的功能和技巧》，《徐州師範學院學報（哲學社會科學版）》，第 1 期，1982 年，第 33 頁。

〔註 280〕王運熙、周鋒撰：《文心雕龍釋注》，上海：上海古籍出版社，2012 年（2014 重印），第 252～253 頁。

〔註 281〕王運熙、周鋒撰：《文心雕龍釋注》，上海：上海古籍出版社，2012 年（2014 重印），第 254～255 頁。

〔註 282〕林庚：《唐詩綜論》，北京：清華大學出版社，2006 年，第 75 頁。

〔註 283〕王運熙、周鋒撰：《文心雕龍釋注》，上海：上海古籍出版社，2012 年（2014 重印），第 318～320 頁。

和語言學家揚雄（西元前 53 年～前 18 年）〔註 284〕和西漢著名的散文家、目錄學家（整理文獻、研究學術）和今文派經學家劉向（西元前 77 年～前 6）〔註 285〕兩位作家以後，就已經出現了「用事采言」的情況。這樣，中華詩歌中的用典歷史早已存在，有著長達三千多年的時間。它是古代詩人的一種常用的藝術表現手法；是中華古典詩文創作中特徵之一。因為，用典「有助於詩風含蓄委婉，讓讀者在欣賞過程中感受美、享受美，有助於豐富內涵，增強歷史的厚重感，激發讀者想像。」〔註 286〕而越南與中華在地域上同屬「儒家文化圈」或「佛學文化圈」，陳時漢文詩因之不能不受到中華政治體制、思想、佛學、藝術、文學等方面的影響，其中包括用典的特殊藝術手段，這是歷史發展大趨勢所致，是理所當然的。

如果在之前的李時漢詩中，可以常見作家在創作時主要是借用前人詩中詞、句、片語（短語）、意段（如第三章第二節所述）乃至佛典術語（諸如色（梵語 rūpa）、空（梵語 Śūnyatā）、有（梵語 bhava）、無（梵語 a）、無我（梵語 anātman）、無常（梵語 anitya）、如來（梵語 tathāgata）、真如（梵語 bhūtatathatā）、佛性（梵語 buddha-dhātu）等），顯然有時亦借用一些來自「純中華」文化典籍以及道教術語。到了陳氏王朝，漢詩中出現了大量從中華儒家道家借來的詞句、片語、典籍、典故，尤其在這一時期的詩文用典被作家著重擴展到儒教經典的範圍。而更引人注目的特色之一是，陳朝詩文不僅借用中國典故，而且還採用不少越南當地的典籍典故、著名地名、自然景觀等等。可以說，陳朝漢詩用典表現出較為豐富多彩的樣式，頗有特色，而其用典主要來自以下四個方面：

〔註 284〕見王青著：《揚雄評傳》，南京：南京大學出版社，2000 年，第 1 頁；揚雄著，林貞愛校注：《揚雄集校注》，成都：四川大學出版社，2001 年，第 1 頁。

〔註 285〕見丁華民主編：《文豪書系》，長春：吉林文史出版社，2006 年，第 1 頁。

〔註 286〕見張秋達：《用典與懷古辨》，《中學語文》，2004 年第 7 期，第 27 頁。

第一，典故來源於諸子著作與佛典：古代詩人愛用典故，寫作時，常常引用先秦諸子著作或佛教經論來抒發作者的思想情感，包括表明對如飽嘗人生的得失悲歡、辛酸苦痛之後的某些問題的心情，如莫挺之的五言八句《早行》詩中見大量用典，而其典故大多數來自中華地名和諸子百家著作：

蝴蝶醒殘夢，滄浪聞棹歌。
張帆開宿霧，擺棹破晴波。
水入九江闊，山歸三楚多。
濂溪何處是？我欲訪煙蘿。〔註 287〕

莫挺之（1284～1361），諒江南策州平河（一作旁河）縣蘭溪鄉（今海陽省清河縣）人，後移居諒江路至靈縣隴洞鄉，陳朝外交家、詩人和文化名人。1304 年（英宗興隆十二年），挺之考中狀元，賜予太學生火勇首，充內書家。〔註 288〕後至憲宗（1329 年～1341）時，官升任左僕射。挺之貌醜而多智，博古通今，品德高尚，不飲盜泉，雖然為官卻一貧如洗。1380 年，他出使元朝，多次受到摸底考驗都能應付順利，其精明敏捷，使元朝人嘆服。〔註 289〕回到他的《早行》詩中用典來看，此詩一開始作者就借用了來自莊子和孟子兩部著作中的兩個典籍。一是關於莊子「蝴蝶」。莊子《齊物論・內篇》曰：「昔者莊周夢為蝴蝶，栩栩然蝴蝶也，自喻適志與！不知周也。俄然覺，則蘧蘧然周也。不知周之夢為蝴蝶與，蝴蝶之夢為周與？周與蝴蝶，則必有分矣。此之謂物化。」〔註 290〕這一則寓言故事暗喻人生如夢、得失無常，一切貧富貴賤窮通

〔註 287〕〔越〕文學院：《李陳詩文》（第二集），河內：社會科學出版社，1988 年，第 853 頁。

〔註 288〕參閱〔越〕吳士連撰：《大越史記全書》（第二冊），孫曉主編（標點校勘），重慶：西南師範大學出版社；北京：人民出版社，2015 年，第 322 頁。

〔註 289〕參閱〔越〕吳士連撰：《大越史記全書》（第二冊），孫曉主編（標點校勘），重慶：西南師範大學出版社；北京：人民出版社，2015 年，第 328～329 頁。

〔註 290〕見冀昀主編：《莊子》，北京：線裝書局，2007 年，第 31～32 頁。

壽夭，皆如夢如幻如泡影。世間萬物，都沒有永恆不變的本質，諸法因緣而生，緣聚則起，緣散則滅，萬法都是緣起性空。因此，生死、醒夢、貴賤等一切事物間的差別只是相對的，恰如莊周夢為蝴蝶還是蝴蝶夢為莊周一樣無法差別，也無須追究。聖賢根本超越萬物之差別或二元，任其自然，隨物變化，從而深入「物化」之境界。第二是「滄浪」詞語，是「古水名，古人一般指漢水下游或其支流」〔註 291〕，多指青蒼色之水。《辭海》釋：「滄浪，青蒼色。《文選・陸機〈塘上行〉》：『發藻玉臺下，垂影滄浪泉。』李善注：『孟子曰，『滄浪之水清』，滄浪，水色也。』〔註 292〕」〔註 293〕而後來借「滄浪」來象徵無拘無束、自由散漫的生活，也專指野外的漁歌。

又如范汝翼的七言八句《杏壇》詩中，表現中華儒家學派創始人孔子的一些「跡影」再現。詩曰：

仙杏栽培歲月深，高壇屹爾鎮儒林。

文風披拂揚芬馥（一作芬鬱，一作柳鬱），教雨淋漓潑翠陰。

午後涼生函丈席，夜寒響入七弦琴。

偏宜（一作疑，一作空）庭檜長鄰近，永與（一作得）乾坤共（一作世）古今。〔註 294〕

取題為《杏壇》，作者帶引讀者回歸孔子講學之處。「杏壇」一詞，見《辭海》細釋：「（1）相傳為孔子講學處。《莊子・漁父》：『孔子遊乎緇幃之林，休坐乎杏壇之上。』後人附會杏壇在今山東省曲阜市孔廟大成殿前。顧炎武《日知錄》卷三十一：『今之杏壇，乃宋乾興間四十五代

〔註 291〕李定廣評注：《中國詩詞名篇賞析》（上冊），上海：東方出版中心，2018 年，第 4 頁。

〔註 292〕參見原文：《孟子・離婁上》：「有孺子歌曰：『滄浪之水清兮，可以濯我纓；滄浪之水濁兮，可以濯我足。』」（見徐芹庭著，徐耀環編校：《細說四書》（下），新臺北：聖環圖書，2011 年，第 293 頁）。

〔註 293〕夏征農主編：《辭海》，上海：上海辭書出版社，1989 年版，第 1012 頁。

〔註 294〕〔越〕文學院：《李陳詩文》（第三集），河內：社會科學出版社，1978 年，第 536 頁。

孫道輔增修祖廟，移大殿於後，因以講堂舊基，甃石為壇，環植以杏，取杏壇之名名之耳。』乾興，宋真宗年號。後也泛指聚徒講學處。王禹偁《贈浚儀朱學士新知貢舉》詩：『潘岳花陰覆杏壇，門生參謁絳紗寬。』（2）道家修煉之所；道觀。宋無《遊三茅華陽諸洞》詩：『淡染雲霞五色衣，杏壇朝罷對花披。』」〔註295〕按此詩內容可知，「杏壇」典故是泛指孔子授徒講學的地方；第五句的「函丈」，見《辭海》云：「《禮記·曲禮上》：『若非飲食之客，則布席，席間函丈。』鄭玄注：『謂講問之客也。函，猶容也，講問宜相對容丈，足以指畫也。』舊時在書函中常常用作對師或前輩長者的敬稱，猶言講席。黃宗羲《與陳乾初論學書》：『自丙午奉教函丈以來，不相聞問，蓋十有一年矣。』」〔註296〕上古時講學者和聽講者，坐席之間相距大約為一丈。後來用之以指講學之坐席；第六句中的「七弦琴」，是中華最古老的彈撥樂器之一。相傳，這種古絃樂器原為伏羲所創製，最初僅有五根弦，至周代文王、武王各加弦一根而成七弦琴。〔註297〕在孔子教育體系中，學士必要學習禮法、樂舞、射箭、駕車、書法、算數六種技藝，其中音樂教育占其第二位。《論語·泰伯》中，孔子曰：「興於《詩》，立於禮，成於樂。」〔註298〕揭示他重視音樂；第七句中的「檜」詞，是從「先師（孔子）手植檜」的傳說借來的。據史籍記載，孔子親手植檜原有三株，後枯乾死兩株，僅存樹椿，至西元1732年於樹樁下又發新枝，故謂「再生檜」。

再如陳嵩的七言八句《柱杖子》詩。詩中，作者借用佛教的三藏經典中的一些故事及其意。詩曰：

日日杖持在掌中，忽然如虎又如龍。

拈來卻恐山河碎，卓起還妨日月籠。

〔註295〕夏征農主編：《辭海》，上海：上海辭書出版社，1989年版，第1415頁。

〔註296〕夏征農主編：《辭海》，上海：上海辭書出版社，1989年版，第462頁。

〔註297〕參閱楊曉東：《淺析古琴史》，《戲劇之家》，第2期，2009年，第42頁。

〔註298〕徐芹庭著，徐耀環編校：《細說四書》（上），新臺北：聖環圖書，2011年，第200頁。

三尺雙林何處有，六環地藏快難逢。

縱饒世道崎嶇甚，不奈從前勃窣翁。〔註299〕

此詩描寫的是「柱杖子」的「深厚內功」。它並不是一根普通的柱杖子，而就是象徵「覺悟」的柱杖子——佛教緣起（梵語，英語 dependent origination）視域下的柱杖子。這根柱杖子當若撞擊任何東西（地方）或只要輕動一下，整個乾坤皆將動搖。也就是說，一即一切、一切即一的含意，《華嚴一乘法界圖注並序》云：「一中一切多即一；一即一切多即一。」〔註300〕或如《緣起經》云：「此有故彼有，此生故彼生。」〔註301〕反之亦然，此無故彼無，此滅故彼滅。這就是佛教哲學的內涵。不止如此，詩人還特別借用雲門文偃禪師（西元864～949年）禪法的語言及其意象，《五燈會元卷第十五・青原下六世・雪峰存禪師法嗣・雲門文偃禪師》載：雲門以柱杖示眾云：「柱杖子化為龍，吞卻乾坤了也。山河大地，甚處得來？」〔註302〕此外，值得注意的是，作者在漢詩中引用佛教經典中的兩個典故。一是「三尺雙林」，是指「沙羅雙樹」〔註303〕，意為佛入滅處之林。為沙羅樹（亦稱娑羅樹，學名 shorea robusta）之並木，故謂之雙樹。《大般涅槃經》載：「爾時，世尊告阿難言：『我今欲進鳩尸那城力士生地熙連河側娑羅雙樹間。』阿難白言：『唯然！世尊。』於

〔註299〕〔越〕文學院：《李陳詩文》（第二集），河內：社會科學出版社，1988年，第266頁。

〔註300〕見CBETA電子佛典2016年——《華嚴一乘法界圖注並序〔卷1〕》——B32, No.0189。

〔註301〕見CBETA電子佛典2016年——《緣起經〔卷1〕》——T02, No.0124。

〔註302〕普濟著，蘇淵雷點校：《五燈會元》，北京：中華書局出版，（下冊），第932頁。

〔註303〕此語，《佛教哲學大詞典》（電子版）細釋：「沙羅樹二株成對生長者。……樹高可達三十公尺，形成單一種的森林。……據《涅槃經後分》上卷（同第十二卷第九〇五頁）的記載，釋尊入滅時，沙羅雙樹在東西南北四方各有一對，共八株，當釋尊一入涅槃，據說東與西、南與北各合為一樹，垂下來覆蓋釋尊後，立刻變成白色，如白鶴一般，紛紛凋落。御書釋迦一代五時繼圖（第六七二頁）。」（見下址：http://cidian.foyuan.net/%C9%B3%C2%DE%CB%AB%CA%F7/，2018年12月2日上網）。

是，如來與諸比丘，前後圍繞，而便進路，渡熙連河，住鳩尸那城力士生地娑羅林外，語阿難言：『汝可往至娑羅林中見有雙樹，孤在一處灑掃其下，使令清淨，安處繩床，令頭北首，我今身體極苦疲極。』爾時阿難及諸比丘，聞佛此語，倍增悲絕。阿難流淚奉勅而去，至彼樹下灑掃敷施，皆悉如法，還歸白言：『灑掃敷施，皆悉已畢。』爾時，世尊與諸比丘，入娑羅林，至雙樹下，右脇著床，累足而臥，如師子眠，端心正念」〔註 304〕；二是「六環地藏」的「六環」，是指地藏菩薩的錫杖頂部之六個環輪，象徵並表示地藏菩薩能行腳地獄道、餓鬼道、畜生道、修羅道、人間道、天道六道，以喚醒眾生或覺醒六道迷夢。地藏走過的每一「道」，皆有不同之名稱（六尊地藏菩薩），分別為地藏、寶處、寶掌、持地、寶印手和堅固意。有的解釋為，因地藏可以化身度眾生而有一檀陀、二寶珠、三寶印、四持地、五除蓋障和六日光六地藏。〔註 305〕有關「六環」，《地藏慈悲救苦薦福生到場儀》有偈云：「三覺圓明大導師，歷經沙劫指迷津。眾生度盡方成佛，地獄空時現化身。一顆明珠為海藏，六環金錫振天輪。願垂金手提含識，普使同為解脫人。」〔註 306〕而後《景德傳燈錄．汝州寶應和尚》中亦見載：「問：『最初自咨合對何人？』師曰：『一把香芻拈未下，六環金錫響搖空。」〔註 307〕

第二，典故來源於越中歷史古跡與典籍：與中華古代詩人同樣，陳朝詩人亦有創作了大量的詠史懷古詩，作為陳朝古典詩文創作的重要題材之一。這種懷古、詠史之類的詩，詩人多以歷史人物、歷史事件、歷史陳跡等歷實典故入詩，借之表達詩人對歷史人事變遷的感慨

〔註 304〕見 CBETA 電子佛典 2016 年——《大般涅槃經〔卷 2〕》——T01, No.0007。

〔註 305〕參閱〔越〕文學院：《李陳詩文》（第二集），河內：社會科學出版社，1988 年，第 267 頁。

〔註 306〕見 CBETA 電子佛典 2016 年——《地藏慈悲救苦薦福生到場儀〔卷 3〕》——ZW06, No.0052。

〔註 307〕見 CBETA 電子佛典 2016 年——《景德傳燈錄〔卷 13〕》——T51, No.2076。

興盛、寄託哀思、訓誡教育，有時將歷史事件與現實生活加以溝通。以下舉幾個例子來看。先看陳晛《幸嘉興鎮寄弟恭宣王》，詩曰：

位極讒深便去官，側身渡（度〔註 308〕）嶺入山巒。

七陵回首千行淚，萬里捫心兩鬢班（斑〔註 309〕）。

去武圖（國〔註 310〕）存唐社稷，安劉復睹漢衣冠。

明宗事業君須記，恢復神京指日還。〔註 311〕

陳晛（1322 年～1395 年），明宗第三子。1331 年，封號恭定王，歷任驃騎上將軍領宣光鎮一職、右相國、左相國加封大王等職。1370 年，陳晛即皇帝位，稱號陳藝宗。這首詩作於赴嘉興鎮地區之時，寄給他的弟弟恭宣王陳暾（即睿宗）。《大越史記全書》載，於 1369 年間，「（楊）日禮〔註 312〕僭位，縱酒淫逸，日事宴遊，好為雜技之戲。（而且）欲複姓楊，宗室、百官皆失望」〔註 313〕。1370 年，陳晛預知禍從天降而出逃避沱

〔註 308〕見〔越〕吳士連撰：《大越史記全書》（第二冊），孫曉主編（標點校勘），重慶：西南師範大學出版社；北京：人民出版社，2015 年，第 378 頁。

〔註 309〕見〔越〕吳士連撰：《大越史記全書》（第二冊），孫曉主編（標點校勘），重慶：西南師範大學出版社；北京：人民出版社，2015 年，第 378 頁。

〔註 310〕見陳應基編著：《舜裔姓氏及歷史影響》，蘭州：甘肅人民出版，2004 年，第 278 頁。

〔註 311〕〔越〕文學院：《李陳詩文》（第三集），河內：社會科學出版社，1978 年，第 219 頁。

〔註 312〕「西元 1369 年（明洪武二年）陳裕宗崩於正寢，『臨崩之日，以無嗣，詔應日禮入繼統』。朝臣立裕宗之兄恭定王陳晛為帝，但憲慈太后（明宗皇后）執意要立明宗長子恭肅王陳昱的私生子楊日禮為帝。楊日禮是優人楊姜之子，楊姜的妻子也是優人，同恭王陳昱私通。楊日禮即帝位後立即殺害憲慈太后。」（見陳應基編著：《舜裔姓氏及歷史影響》，蘭州：甘肅人民出版，2004 年，第 278 頁）。此段陳應基從《大越史記全書》梳理出來。筆者借之為注，可參看越〕吳士連撰：《大越史記全書》（第二冊），孫曉主編（標點校勘），重慶：西南師範大學出版社；北京：人民出版社，2015 年，第 375～377 頁。

〔註 313〕見〔越〕吳士連撰：《大越史記全書》（第二冊），孫曉主編（標點校勘），重慶：西南師範大學出版社；北京：人民出版社，2015 年，第 377 頁。

江鎮（即嘉興）。初，「本無取國之意」。隨後，他密約宗室群臣準備起兵，以複取陳氏。是因為如此，所以陳晛對世態人情感到煩惱和苦悶。「度嶺入山巒」之後，他回頭見到陳朝七位國王的陵寢，竟感覺心疼而流眼淚。睹物思人，傷感萬分。陳晛覺得前途尚遙遠而頭髮已斑白。看了自己又想起了他人，借助已故名人那面鏡子來觀照現實，對那些中華歷史人物執政的王朝感到欽佩。詩中的第五句，作者提及武則天（624 年～705 年），中華歷史上唯一的正統女皇帝，唐代著名的女法家、女政治家，前後執政近半個世紀；第六句提及劉邦（西元前 256 年，一作 247～195 年〔註 314〕），漢太祖高皇帝（亦稱漢高祖），漢朝開國皇帝，中華歷史上高明的政治家，作為漢民族與漢文化的偉大開拓者之一。通過這兩位皇帝，陳晛囑咐他弟恭宣王陳曔要記住父業，並表明要恢復其之志。

再如陳烇的若干漢文詩。陳烇（英宗，1276 年～1320 年），陳仁宗之長子，陳朝第四代君主。陳烇詩借用了西漢史學家、文學家司馬遷撰寫的《史記》中一些歷史事件和盛名人物，給後人吸取經驗教訓，以銅為鏡，謹言慎行，諸如《漢文帝》、《漢武帝》、《漢光武》、《唐肅宗》、《宋度宗》等詩歌〔註 315〕，其中，特別是陳烇的七言絕句詩《漢高祖》中，他引用了較多的歷史人物。詩曰：

誅秦滅項救生靈，駕馭英雄大業成。

不是高皇恩德薄，韓彭終自棄韓彭。〔註 316〕

劉邦出身農家，文不能書，武不能戰，然而豁達大度，知人善用，以德選人。史載，秦王子嬰投降，推翻秦朝之後，劉邦繼續聯合各地消滅西楚霸王項羽，最終統一天下，建立漢朝。登基後，他又消滅韓信、彭越等異姓諸侯王。韓彭兩家雖曾幫劉邦破秦滅楚，而後被認為謀反，因之

〔註 314〕見王堯、思樂著：《布衣劉邦》，北京：東方出版社，2008 年，第 3～4 頁。

〔註 315〕〔越〕文學院：《李陳詩文》（第二集），河內：社會科學出版社，1988 年，第 571～575 頁。

〔註 316〕〔越〕文學院：《李陳詩文》（第二集），河內：社會科學出版社，1988 年，第 570 頁。

相繼被誅戮，這就是「韓彭終自棄韓彭」詩句的意思。

除了以上典故來自中華歷史典籍之外，陳朝漢詩中的典故還來自越南歷史典籍，正如上文所舉的范五老《述懷》、阮昶《白藤江》、陳嵛《白藤江》、張漢超的《白藤江賦》，等等。

第三，典故來源於越中神話和傳說：如陳旲的七言八句《此時無常偈》詩中，我們發現作者引用了中華的若干神話和傳說。詩中寫道：

日色沒時臨夜色，昏衢擾擾又重增。
徒知外點他家燭，不肯回燃自己燈。
隱隱金烏山已入，瞳瞳玉兔海初騰。
死生代謝渾如此，何不皈依佛法僧。〔註 317〕

這首詩的第三聯中，作者引用了來自中華的兩個神話傳說。一是「金烏」，中華古代神話中的神鳥之一。太陽中的烏。《辭海》曰：「古代神話，太陽中有三足烏，因用為太陽的別稱。韓愈《李花贈張十一署詩》：『金烏海底初飛來，朱輝散射青霞開。』」〔註 318〕「金烏」形象指太陽；二是「玉兔」形象是指月亮，傳說中月中有兔，《辭海》云：「神話傳說所謂月中有白兔，因用為月的代稱。傅咸《擬天問》：『月中何有，白兔搗藥。』辛棄疾《滿江紅・中秋》詞：『著意登樓瞻玉兔，何人張幕遮銀闕？』」〔註 319〕這裏，作者用借喻的手法，用一個事物去表示與之有密切聯繫或有關聯的另一個事物。這表明作者不僅對中華古代神話傳說非常熟悉，而且能熟練運用修辭手法。

此外，作者還熟諳許多有關佛學的術語和常識，例如：此詩題目中的「無常」動詞。其實，它是一個佛教的術語。「無常」（梵語 anitya，或 anityata），為「常住」之對稱。世間萬物皆由因緣而生，因而忽生

〔註 317〕〔越〕文學院：《李陳詩文》（第二集），河內：社會科學出版社，1988 年，第 201 頁。

〔註 318〕夏征農主編：《辭海》，上海：上海辭書出版社，1989 年版，第 1905 頁。

〔註 319〕夏征農主編：《辭海》，上海：上海辭書出版社，1989 年版，第 1825 頁。

忽滅，變化無量，謂之無常；第八句中的「皈依」是佛教常用的雜語。皈依佛、法、僧三寶（簡稱皈依三寶或三皈依）是佛教徒的基礎入門，為皈向、依靠、救度之意。《佛教哲學大詞典》載云：「佛及佛所說的法、和傳持其法的僧侶，各各被尊之為寶。」〔註 320〕這樣，詩中所謂「皈依佛法僧」，就是皈向佛、皈向法、皈向僧。認識到人生變化無常、生滅遷流之後，陳昊用「何不」這個反問語氣作為一種肯定，表示僅有皈向三寶，方能了斷人間痛苦。只不過，詩歌開頭作者描寫夕陽西沉的真實場景，當夜幕逐漸下降、籠著大地時，人們只顧在某人（他人）的家裏點燃蠟燭，而不願回家點燃自己之燈。事實上，夜幕漸漸低垂的時候，每個人通常先點著自己家裏的燈，而沒有人先點著他人家裏的燈。然而，在這裏，作者只借其蠟燭意象來暗指凡人的妄想心，責備大多數俗人總是在身外尋求幸福，而卻不知道幸福原來就在每個人的心裏。此意實則是從佛教思想借用來的，《壇經》曾曰：「佛向性中作，莫向身外求。自性迷即是眾生，自性覺即使佛。慈悲即是觀音，喜捨命為勢至，能淨即釋迦，平直即是彌陀。」〔註 321〕意為佛聖不是遙遠的神靈者，更不是別的世界的頒恩降禍者，而佛聖乃在每人的行動中，是很真實的。作者強調主體是人的內在，是以人皆有能成佛的可能和根據。

值得注意的是，陳朝漢詩不止採用來自中華的傳說故事，還會採用來自越南的，如阮士固（一作回〔註 322〕，應為「固」——筆者注）的七言絕句詩《從駕西征謁傘圓祠》詩云：

山似天高神嶽（一作最）靈，
心香（一作爲）才叩（一作扣）已聞聲。

〔註 320〕《佛教哲學大詞典》（電子版），見下址：http://cidian.foyuan.net/%B7%F0%B7%A8%C9%AE/，2018 年 12 月 2 日上網。

〔註 321〕六祖惠能大：《六祖法寶壇經》，高雄：禪心學苑，2009 年，第 52 頁。

〔註 322〕見〔越〕李濟川等撰：《越甸幽集錄全編》，謝超凡校點，引自孫遜、鄭克孟、陳益源主編：《越南漢文小說集成》（第二冊），上海：上海古籍出版社，2010 年，第 108 頁。

媚娘亦具威儀者（一作有顯靈著〔註 323〕，一作有顯靈術〔註 324〕），

且為書生保此行。〔註 325〕

阮士固（？～1312 年），生年和原籍不詳，陳英宗（1293 年～1313 年）時，官至翰林院侍讀學士之職，專在天章閣執掌講經之事，為皇帝或皇子授書講學，後被補任安撫使。《從駕西征謁傘圓祠》是 1294 年阮士固陪駕陳仁宗西征，初次過八維山（即傘圓山，亦稱八位山，橫穿北越山西省內）拜謁傘圓祠時觸景生情而作。此漢詩完全引用越南的典籍。關於「傘圓」，《嶺南摭怪・傘圓山傳》載：「傘圓山在南越國京城升龍城之西……三山羅立，峰圓如傘形，故名焉。」〔註 326〕傘圓山風景秀麗，且有關於山精、水精二位神仙的離奇傳說。「傘圓祠」是山精的祠堂——管轄這座山的神仙；「媚娘」是第十八世雄王的女兒，長得美貌絕倫，聰慧非凡，後來她被許配給山精，並與這位神仙回傘圓山。〔註 327〕

〔註 323〕見戴可來、楊寶筠校注：《嶺南摭怪等史料三種》，鄭州：中州古籍出版社出版，1991 年，第 36 頁。

〔註 324〕見〔越〕陳世法等撰：《嶺南摭怪列傳》（甲本），任明華校點，引自孫遜、鄭克孟、陳益源主編：《越南漢文小說集成》（第一冊），上海：上海古籍出版社，2010 年，第 52 頁。

〔註 325〕〔越〕文學院：《李陳詩文》（第二集），河內：社會科學出版社，1988 年，第 558 頁。

〔註 326〕見戴可來、楊寶筠校注：《嶺南摭怪等史料三種》，鄭州：中州古籍出版社出版，1991 年，第 35 頁。

〔註 327〕參看原文：「大王本山精，姓阮氏，與水族相誓於峰州茄寧山居焉。周赧王時，雄王十八世孫至都峰州之越池，號文郎國。有女名媚娘（神農二十七世孫女），美貌遐聞。蜀王泮求婚，不許，欲擇佳婿。數日，忽見二人，一稱山精，一稱水精，皆為求婚。雄王請試法術。山精乃指山，山崩，出入石中無所礙。水精以水噴空，化為雲雨。王曰：『二君並有神通，然吾只有一女，若聘禮先至者，吾即嫁之。』明日，山精將珍玉、金銀、山禽、野獸等物來獻，王許之。水精後至，不見媚娘，大怒，率水族欲去奪之。大王以魚網橫截慈廉縣江，水精乃別開小黃江一帶，自藞仁山喝江入沱江以擊傘圓山之後，又歧開小跡江以向傘圓山之前。所至甘蔗、車樓、古鵶、麼含沿江之間，破掘為灣，以通水族之眾。常起風晦冥，引水擊王。山下民見之，即編為疏籬以護之，擊鼓相舂，大噪以救之。每見梗蓬流著，射之。死者為龍、蛇、

第四，典故來源於詩文作品：陳朝漢詩用典大多數來自中華經典著作，諸如先秦文學中常見的有《詩經》、諸子散文、屈原作品；秦漢文學的有司馬遷《史記》；魏晉南北朝文學的有曹植、陶淵明等詩歌；隋唐五代文學的有李白、杜甫、白居易、韓愈等詩歌；宋代文學的有蘇軾作品等等，這些中華典籍常被引用，已見上述所舉各例。因此再舉具有代表性的另一個例子來看，如阮飛卿的七言八句《謝冰壺相公賜馬》詩中的用典，來源於中華古典優秀文學作品。詩中寫道：

早歲才名泛不羈，驪黃偶幸駿圖披。

長途每恨加鞭策，空谷何心受縶維。

伯樂廄邊頻賞識，王良範內更驅馳。

東風快踏朝天路，希冀深懷答所知。〔註 328〕

這裏的「不羈」，見西漢司馬遷《報任安書》文：「僕少負不羈之才，長無鄉曲之譽。」〔註 329〕譯：「我小時候自矜才華出眾，成人後卻沒有贏得鄉里的稱道。」〔註 330〕王力先生在《古代漢語》中注釋：「不羈，指才質高遠不可羈繫。」〔註 331〕又見左思（250 年？～305 年？）《詠史詩八首・其三》：「當世貴不羈，遭難能解紛。」注釋：「不羈：不受籠絡。」〔註 332〕；「驪黃」，泛指黑馬和黃馬，見淮南王劉安（前 179 年

魚鱉之屍，堵塞江道。年年七八月間，常有水溢，山下所近人民多被大風、潦水，禾穀損害。世傳以為水精、山精爭娶媚娘雲。大王得神仙長生訣，甚顯靈，為大越第一福神。陳朝翰林學士阮士固征西拜謁，有詩云：『山似天高神最靈，心扃才扣已聞聲。媚娘亦有顯靈術，且為書生保此行。』後傳後新增也。」（見戴可來、楊寶筠校注：《嶺南摭怪等史料三種》，鄭州：中州古籍出版社出版，1991 年，第 36 頁。）

〔註 328〕〔越〕文學院：《李陳詩文》（第三集），河內：社會科學出版社，1978 年，第 433 頁。

〔註 329〕張金華編著：《中華文典》，北京：北京出版社，2008 年，第 213 頁。

〔註 330〕張金華編著：《中華文典》，北京：北京出版社，2008 年，第 215 頁。

〔註 331〕王力主編：《古代漢語》（第 3 冊：校訂重排本），北京：中華書局，1963 年（2016 年重印），第 914 頁。

〔註 332〕黃益庸編著：《歷代詠史詩》，北京：大眾文藝出版社，2000 年，第 10～11 頁。

～前 122 年）《淮南子・道應訓》載：「穆公見之，使之求馬。三月而反，報曰：『已得之矣，在沙丘。』穆公問：『何馬也？』對曰：『牝而黃。』使人往取之，牡而驪。」〔註 333〕本故事說明，求駿馬不必拘泥於其毛色性別，後來指事物的表面現象。這個故事實則在《淮南子》之前已流傳，最早見於《列子・說符第八》〔註 334〕；「駿圖」是泛指八匹駿馬，見於《穆天子傳》：「天子之駿：赤驥、盜驪、白義、逾輪、山子、渠黃、驊騮、綠耳。」〔註 335〕傳說中周穆王（前 1054 年？～前 949 年年？）駕車用的八匹駿馬，一日能走三萬里，後用以指駿馬。白居易《八駿圖》詩：「穆王八駿天馬駒，後人愛之寫為圖。」李商隱《瑤池》詩：「八駿日行三萬里，穆王何事不重來。」「空谷何心受縶維」中的「縶維」是指拴馬的繩索，喻挽留人才，出自《詩經・雅篇・小雅・白駒》：「皎皎白駒，食我場苗。縶之維之，以永今朝。所謂伊人，於焉逍遙。皎皎白駒，食我場藿。縶之維之，以永今夕。所謂伊人，於焉嘉客。……皎皎白駒，在彼空谷。生芻一束，其人如玉。毋金玉爾音，而有遐心。」〔註 336〕這一段是說主人想方設法留客人，引申指重用人才之事，想留住人才來辦事。阮飛卿借用此典，寄託心事並向陳元旦相公（號冰壺）表述。〔註 337〕詩中所提到的其他典籍，如「伯樂」，《辭海》：「1. 相傳古之善相馬者。（1）春秋中期秦穆之臣，曾薦九方堙為秦穆公相馬。認為相千里馬必須『得其精而忘其粗，在其內而忘其外』，見《淮南子・道應訓》。或說即孫陽，稱為孫陽伯樂，見《通志・氏族略四》。（2）春秋末趙簡子之臣，即郵無恤，一作郵無正，字子良，號伯

〔註 333〕陳廣忠譯注：《淮南子》，北京：中華書局，2006 年，第 217 頁。

〔註 334〕張長法注譯：《列子》，鄭州：中州古籍出版社，2010 年，第 216 頁。

〔註 335〕郭璞注，洪頤煊校；譚承耕、張耘點校：《山海經　穆天子傳》，長沙：嶽麓書社，1992 年，第 204 頁。

〔註 336〕李青譯：《詩經》，北京：北京聯合出版社公司，2015 年（2018 年重印），第 105 頁。

〔註 337〕見〔越〕文學院：《李陳詩文》（第三集），河內：社會科學出版社，1978 年，第 433 頁。

樂，善御馬，又善相馬，曾教兩人到簡子廄中相馬，見《韓非子·說林下》。2. 即『造父』。」〔註 338〕據此知，「伯樂」典故的寓意，至少有二種說法。後人根據那些故事概括成「伯樂一顧」、「伯樂識馬」等成語，比喻善於發現、認別、任用人才。總之，其含有讚揚之意。「王良」一詞，見《辭海》：「春秋時之善馭馬者。《淮南子·覽冥訓》：『昔者王良，造父之御也，上車攝轡，馬為整齊而斂諧，投足調均，勞逸若一。』高誘注：「王良，晉大夫郵無恤子良也。所謂御良也；一名孫無政，為趙簡子御』。」〔註 339〕而《荀子·王霸》中亦云：「王良、造父者，善服馭者也。聰明君子者，善服人者也。人服而勢從之，人不服而勢去之，故王者已於服人矣。」〔註 340〕這樣，一個善相馬者，另一個善馭馬者，飛卿借此兩者來稱譽冰壺——一位既善於識別人才且善於任用人才的相公。因得到如此重用，故真正有才華的人應盡力而為，以報主人之恩。這就是本詩之意。

四、小結

藉由以上闡述，與李朝時期漢詩相比，陳朝漢詩在內容方面及藝術形式上都取得了顯著的進步。這一時期的越南詩歌，一方面繼續吸收中華文化、文學精髓，熟練地將中華古代文史哲經典文獻材料運用入詩，諸如先秦諸子著作、佛教三藏經典（尤其是中華禪宗思想）、歷史典故、文學作品、神話傳說故事等等；另一方面陳朝作家們會巧妙地將越南傳奇神話，著名場所和場景應用在他們的作品中，表達他們的思想感情和意志願望以及表示對祖國的熱愛之情。

在題材內容方面，陳朝已有很多作者清楚地表露出了越南人的靈魂和性格個性。其靈魂和性格是由值得驕傲的文獻確立出來的，正如

〔註 338〕夏征農主編：《辭海》，上海：上海辭書出版社，1989 年版，第 263 頁。
〔註 339〕夏征農主編：《辭海》，上海：上海辭書出版社，1989 年版，第 1344 頁。
〔註 340〕白延海譯注：《荀子》，西寧：青海人民出版社，2002 年，第 98 頁。

政治家、軍事家、文學家阮廌（越南語 Nguyễn Trãi, 1380 年～1442 年）在《平吳大誥》開頭所說的那樣：「惟我大越之國，實為文獻之邦。山川之封域既殊，南北之風俗亦異。自趙丁李陳之肇造我國，與漢唐宋元而各帝一方。雖強弱時或不同而豪傑世未嘗乏。」〔註 341〕因而，陳朝漢詩題材除了振興國朝及反抗侵略，還表達「君子志於擇天下」的遠大志向，體現惠民治國的意識和民族自豪感，抒發世態人情、宇宙人生等感悟，還以越南民族的風俗人情、錦繡山河、壯美風光自豪，可謂豐富多彩，琳瑯滿目。

在藝術形式方面，必須要承認，這一時期漢文詩的體裁幾乎完全受到中華古代詩歌體裁的影響，其中影響最大的是唐代近體詩。除了用典修辭手法運用中明顯的進步之外，陳朝漢詩不止引用中華典故並且還引用越南典故。特別的是，這一階段已出現了一些完整的漢喃文作品（由於本文的研究範圍，尚未提之，將來有機會，筆者將呈現），諸如陳仁宗《居塵樂道賦》和《得趣林泉成道歌》、李道載（玄光）《詠雲（一作華）煙寺賦》、莫挺之《教子賦》、阮伯靖《南藥國語賦》等等。

當然，喃字作品並不是到陳朝之後才問世，而是早見於李朝時期中現存的墓碑文中。不過，到了陳朝才出現了相當多的漢喃文著作〔註 342〕，並且這一時期也出現了一批長於喃字的作家，比如阮詮《披砂集》、朱文安《樵隱國語詩》、阮士固《國音詩賦》、胡宗鷟《賦學指南》、阮飛卿《昆馭籮》以及其他儒士漢喃文作品〔註 343〕。其中，值得注意

〔註 341〕〔越〕黃魁編譯：《阮廌全集》（又稱《抑齋集》），河內：文化通訊出版社，2001 年，第 319 頁（Hoàng Khôi biên dịch (2001), *Nguyễn Trãi toàn tập*, Nxb. Văn hóa - Thông tin, tr.319）。

〔註 342〕見〔越〕吳士連撰：《大越史記全書》（第二冊），孫曉主編（標點校勘），重慶：西南師範大學出版社；北京：人民出版社，2015 年，第 326 頁；見《歷朝憲章類志．詩籍志》中亦云：「《披砂集一卷》阮詮撰中多國語詩」（〔越〕潘輝注著，史學院譯注：《歷朝憲章類志》（卷二），河內：教育出版社，2007 年，第 418 頁。

〔註 343〕〔越〕阮佐而主編：《.越南喃文學總集》（第一集），河內：社會科學

的是胡季犛曾作漢喃字詩贈給陳藝宗皇帝，並亦曾將《尚書・無逸篇》譯成喃字以教授諸官。但很可惜，當時的大部分喃字著作至今皆已佚失無存。

綜上所述，陳朝漢詩不僅在內容上而且在形式上皆已獲得了長足的進展。因此，許多中外專家學者從不同的視角對這一時期漢詩評價很高，就像越南范廷琥（1768～1832）在《雨中隨筆》所斷定：「陳詩精豔清遠，各極其長，殆猶中國之有漢，唐者也。」〔註344〕潘輝注（1782～1840）在《歷朝憲章類志》中，對陳朝詩人進行扼要評價，如對陳太宗《陳太宗禦集一卷》：「詩語清雅可誦」；對陳聖宗《陳聖宗詩集一卷》：「皆有古唐風味」；對陳仁宗《陳仁宗詩集一卷》：「皆曠逸清雅」；對陳英宗《水雲隨筆二卷》：「詩當清新有力量」；對陳明宗《明宗詩集一卷》：「語氣雄渾壯浪，不遜盛唐」；對阮忠彥《介軒詩集一卷》：「大抵豪放清逸，有杜陵氣格。北使詩作，如《洞庭湖》、《岳陽樓》、《熊驛》（即《潭州熊湘驛》——筆者注）、《邕州》各律詩皆壯浪迴出。」又曰：「其餘名句甚多，不可殫述，絕句尤妙，不遜盛唐，如《初渡瀘水》（即《初渡瀘江》——筆者注）、《夜泊金陵城》、《即事》、《春晝》、《安子江》等，皆清雅婉麗，有龍標（即王昌齡——筆者注）、供奉（即李白——筆者注）風概。」對蔡順《呂塘遺集四卷》：「詩多清雅可喜，有晚唐風。如《船中吟》、《清順城》、《送友》，大抵纖麗穠柔，亦稱名家。」對阮夢荀《菊坡集千（示不詳數卷之意——筆者注）卷》：「詩百餘首，皆七言近體。」對王師伯（15世紀）《岩溪詩集八卷》：「詩當晚唐體……。婉麗纖濃（應為「穠」——筆者注），大抵溫（即溫庭筠——筆者注）李（即李商隱——筆者注）風概。」甚至，連元朝出使安南的張顯卿亦曾作詩表示震驚和欽佩，或如嚴明先生《東亞漢詩研究》中對這一時期

出版社，2008年，第608頁（Nguyễn Tá Nhí chủ biên (2008), *Tổng tập văn học Nôm: Thơ Nôm Hàn luật* (tập 1), Nxb. Khoa học xã hội, tr.6～8）。

〔註344〕見〔越〕范廷琥撰：《雨中隨筆》，孫軼旻校點，引自孫遜、鄭克孟、陳益源主編：《越南漢文小說集成》（第十六冊），上海：上海古籍出版社，2010年，第246頁。

認定：「陳朝漢文學發展迅速……文臣能詩者甚多……。總之陳朝漢詩人的隊伍人多勢眾，已經形成具有南國特色的漢詩創作群體。」〔註 345〕而其中最為惹人注目的正是漢文七言律詩的大量出現。

〔註 345〕嚴明：《東亞漢詩研究》，北京：中國書籍出版社，2013 年，第 56 頁。

第五章　結　論

李陳漢詩是越南最早誕生的書面語詩歌，其發展和興盛，為越南詩歌的發展開創了堅實的第一步。其發展初期以漢字作為書寫文字，但大量中下層文人及百姓民眾，按當時發明出來的漢越讀音來解讀漢詩文。隨越南漢詩文的興盛發展，在利用漢字結構的基礎上，創造出適合越南人使用的一種新型文字體系，稱為喃字（或稱字喃，亦稱國語），進而在後來幾個世紀中不斷推進漢喃文書面語文學。

若從歷史淵源方面來看，李陳漢詩應是萌芽於北屬時期，形成於10～12 世紀及發展於 13～14 世紀。這一時期的詩歌幾乎全部使用漢字及以唐詩為文體規範的漢詩作為表達方式，創作中滲透著佛儒道三家思想，借用了許多中國典故典籍，亦借用諸多中國古典詩歌佳作，其中最值得注意的就是全面仿效唐詩。但李陳漢詩並不因此而缺乏本民族特色，而是充滿著創造性。為了對越南李陳漢詩稟受唐詩的影響進行全面和深入的研究評估，在經過上述考察之後，筆者準備對李陳漢詩進行整體概括的評價，並將評價內容歸納為以下幾個要點。

一、對李陳兩朝漢詩的總體評價

從上面的第三章第一節與第四章第一節中的統計可知，如果與李朝詩文創作隊伍比較，陳朝詩文創作作家數量已增加 20 餘人。不僅作家數量增加，而且作品數量增加了多倍，詩作品質高，題材廣泛，內容豐富多彩，格律結構和修辭表現技巧也完整嚴謹。在詩體方面，李朝漢詩有少量四言體如潘長原（1110年～1165年）的《示道》，六言體如阮珣（戒空，第11世紀）的《生死》，七言體如阮慶喜（1067～1142）的《答法融色空凡聖之問》，雜言體（值得注意的是五七雜言體，這種李陳漢詩中較少見，唐詩中亦少見）如李長的《告疾示眾》或萬持缽的《有死必有生》或佚名的《要勝》（五言中雜四言）或阮萬行的《國字》（五言中雜六言），總體看大多數都是五言絕句體和七言絕句體，其中五言絕句的數量比七言絕句多。而陳朝漢詩的詩體發展卻有不同的趨勢，其中七言絕句體約261首，七言律詩體約333首，總之七言體詩在陳朝漢詩發展中佔據很大比例。

從保留至今的漢詩作品看，李朝漢詩人平均每人僅有兩三首，而陳朝漢詩人的人均詩作存量增加了多倍。李朝漢詩人的身份絕大部分都是僧人。僧人們不僅精通佛教，而且還通曉儒道兩家。這被李仁宗君王在《追贊萬行禪師》詩中肯定為「萬行融三際」（參看本書第三章第二節）。然而從《李陳詩文》（第一集）可知，李朝漢詩中所體現出的佛儒道三教融合傾向只是剛開始，而只有到了陳朝漢詩文創作中才得到了全面發展和充分的表現（參看本書第四章第三節題）。再則，李朝的漢文學作品主要是佛教僧人留下的，而陳朝詩僧的人數明顯減少。陳朝漢文學創作隨世風而變遷，逐漸走向現實人生，走向世俗生活。隨著大批儒士的加入，陳朝漢詩文創作出現了大量「塵世」的詩篇，詩壇風氣發生巨變，全然不同於之前的吳、丁、前黎和李四朝。雖然陳朝的詩僧人數減少，但其詩作質量比李朝還是有了提高，出現了諸如陳煚太宗、陳嵩慧忠、陳昑仁宗、李道載玄光等大詩人，其中有人的詩作還超過100首。陳朝漢詩文創作不單在數量方面增多，而且還在體裁形式方面發展豐富多彩。李朝漢詩文創作中最多的是禪詩，其題材內容較為狹窄，藝術手法尚未達到很高的水準。而到了陳朝，雖沒有了讖緯、詞曲兩種文體，但除了固有的漢文學文體，還出現了頌古、拈頌偈、歌吟、賦、序等其他文體，特別是漢喃文賦的出現，使得陳朝文壇上百花盛開，變得琳琅滿目。

另外值得關注的是，在陳朝漢詩文的各種體裁中，七言詩（七言絕句和七言律詩）是最突出的，形成東亞漢文詩苑中的一花獨秀。陳朝漢詩的藝術手法趨向成熟，如漢詩的結構方式、典故用事、表現手法、修辭手段等方面，皆已達到了較高水準，與其膜拜的唐詩之間的差距越來越小，這一點已經得到許多漢詩專家及學者的認同。在漢詩題材內容方面，陳朝漢詩不限於傳奇色彩、禪宗意味，而是通過佛教的棱鏡，間接反映出了陳朝人的現實生活。陳朝漢詩創作擴展到社會生活各個角落，逐步走向了世俗化，直接描寫了陳朝建國初期反抗外來侵略的崢嶸歲月。為維持大越國的有效政治，陳朝朝廷接受了儒教思想體系，使陳朝漢詩中出現了更多的慷慨激昂之作。表達忠誠愛國的精神和反抗侵略的意志，使得陳朝社會出現儒教觀念下的男子漢責任感。所以，李朝社會的主幹力量是佛教信徒，而到了陳氏王朝，其社會主導力量逐漸被儒教人士所取代，陳朝的漢詩文創作因此與時俱進，隨著朝野風氣體制的變化而改變，也就順理成章、不足為奇了。

由此看來，與李朝漢詩相比，陳朝漢詩發生了很大的進步並趨於成熟，一如嚴明先生在《東亞漢詩研究》中所評論的那樣：「如果說李朝漢文學基本上只是少數禪詩一枝獨秀，那麼到了陳朝兩百年間，漢文學快速發展，全面開花，詩賦文小說皆有可觀的收穫，人文專集也相繼出現。陳朝漢詩的進步之大使得元朝的出使者都覺得驚奇。」〔註1〕所謂「進步之大」，並不能全歸因於受到儒家忠君愛國思想的影響，而是有一重要部分是來自於當時越南人生活水平提高的需要，人生理想以及民族精神提升的追求。陳朝呈現的民族精神，就是開放、包容的精神（參看下文第四要點），這可以李陳時期的「三教並尊」或「三教相容」的現象為例證。在君臣體制及社會文化方面，大越國及民眾長期接受了中華宗主國的影響。從整個李陳漢詩文體裁方面考察，只要閱讀這一時期

〔註1〕嚴明：《東亞漢詩研究》，北京：中國書籍出版社，2013年，第52頁。

的漢文詩，便能感受到李陳漢詩深受中華古典詩歌的影響尤其是對唐詩的全面接受和長期崇拜。但是從歷史感受到能夠有根有據地辨析證明，又是一件很不容易的事情。接下來，將分別從李陳漢詩對唐詩體裁的接受、李陳漢詩對唐詩詞句的化用、陳朝文人對唐詩及詩人的推崇以及李陳漢詩中的幾個基本特質等四個方面，加以總結和研討。

二、李陳漢詩對唐詩體裁的接受

唐詩是一個既廣泛又具體的概念，包括了「近體詩」，還有「古體詩」；指唐朝時期（618 年～907 年）創作的詩篇。在本書的第三章和第四章中，集中考察和分析了李陳漢詩稟承唐詩的影響，特別是著重分析李陳漢詩對唐朝近體詩的模仿，也論及李陳漢詩對唐詩句詞的借用以及陳朝漢詩中的唐朝文人形象。然而漢詩具體是在何時傳入越南的，至今學術界尚無定論。越南北屬時期，大約西元 7 世紀至 8 世紀初在越南北部已出現杜審言、沈佺期、裴夷直等唐朝大詩人。此外，官吏有王福疇、裴泰、王玉才、馬聰等；僧人有無言通、雲卿上等。這一時期的越南各地出現了許多詩僧和名士，諸如法賢、清辨、無礙、定空、惟鑒、廣宣、感誠禪師、善會、羅貴、黃知新、姜公輔、姜公復、廖有方等等，但可惜的是，他們創作的詩文早已亡佚，能夠保存下來流傳至今的極少。安南文士與中原文士之間有過互相交往的長期關係，留下了不少瑰麗詩章。西元 6 世紀（562 年），毗尼多流支（印度南天竺人）東行至中原長安傳道，後於 580 年南下安南境內，創立越南的第一禪派。西元 9 世紀（820 年），無言通（758 年～826 年，廣州人）赴越南北寧省仙遊縣扶董鄉建初寺行道，傳授禪法，創立了越南的無言通禪派。據禪史記載，無言通為百丈懷海大師之弟子，而百丈懷海又為六祖惠能的第三傳法世系之嗣子。中土唐詩可能就是從那些時間點和方式途徑傳入越南的。

最早在越南出現與唐朝古體詩風格近似的是佛教偈頌，有定空的三首頌（一首四言、一首五言和一首雜言）、杜法順的五言絕句詩《答國王國祚之問》、吳真流的五言絕句詩《元火》〔註2〕、阮萬行的《寄杜銀》和《示弟子》二首七言絕句以至佚名的五言絕句體《日登山》〔註3〕，幾乎都與佛教及唐詩南傳有著直接關係。除了以上所舉詩例，還有悟印《示寂》「妙性虛無不可攀，虛無心悟得何難。玉焚山上色常潤，蓮發爐中濕未乾。」〔註4〕圓照《心空》「身如牆壁已頹時，舉世匆匆孰不悲！若達心空無色相，色空隱顯任推移。」〔註5〕朱海顒／淨戒《罕知音》「此時說道罕知音，只為如斯道喪心。奚似子期多爽慘，聽來一達伯牙琴」〔註6〕等等。這些早期安南詩作，或多或少皆受到唐詩的影響，雖然其修辭手法及格律尚未達到唐詩的規範要求（或違犯了近體詩格律）。

承襲李朝漢詩創作成就，陳朝漢詩繼續吸收並借用唐詩的體裁形式，經歷了令人驚奇的「蛻皮」過程。如果把李朝漢詩創作比喻成剛開始學習某種技能，那麼到了陳朝，這種學習已經達到了熟練掌握和開始變革發揮的程度。考察陳朝漢詩發展歷程，不難發現有許多符合唐詩標準的五律、七律體漢詩。陳朝漢詩人不僅在掌握格式韻律方面達到了成熟水準，而且在用典、用詞、用意等技巧能力方面也大有長進，抒發自己的情感思想或敘述描寫皆達到了熟練完美的程度。除了本書第四章所展示的諸例之外，陳朝還有多首接近唐詩風概的近體佳作，諸如朱文安〔註7〕《次韻贈水雲道人》:「平生膽氣鶚橫秋，翰墨場中一

〔註2〕〔越〕文學院:《李陳詩文》(第一集)，河內：社會科學出版社，1977年，第211頁。

〔註3〕〔越〕文學院:《李陳詩文》(第一集)，河內：社會科學出版社，1977年，第565頁。

〔註4〕〔越〕文學院:《李陳詩文》(第一集)，河內：社會科學出版社，1977年，第264頁。

〔註5〕〔越〕文學院:《李陳詩文》(第一集)，河內：社會科學出版社，1977年，第293頁。

〔註6〕〔越〕文學院:《李陳詩文》(第一集)，河內：社會科學出版社，1977年，第535頁。

〔註7〕朱文安（原姓朱名安，1292年？～1370年），字泠澈，號樵隱，諡號文貞，河東省清潭縣光烈社文村（今屬河內市郊區）人，越南史上首

戰秋。茅屋玉堂皆有命，濁涇清渭不同流。老逢昭代知何補，身落窮山笑拙謀。檢點年年貧活計，茶甌詩卷伴湯休。」〔註8〕阮元旦《梅村提刑以城南對菊之作見示乃次其韻》：「乾坤肅氣與良能，傲盡霜威與雪淩。客有賦詩清似玉，門無送酒寂如僧。山空水淺愁仍舊，竹瘦松蒼喜得朋。莫怪寒英開太晚，繁花無處著名稱。」〔註9〕阮飛卿《春寒》：「凝雲漠漠霧沉沉，釀作餘寒十日陰。帶雨有痕黏樹絮（一作紫），傷春無語隔花禽。書齋寂寂惟高枕，世事悠悠正抱衿。安得此身如橐籥，和風噓遍九州心。」〔註10〕皆可說筆法老道，不同凡響。

陳朝有機會更多地接觸到中華文化，儒士們能夠在安定的氛圍中得到系統的漢學培訓，因此在這一時期內產生了朱文安、張漢超、范師孟、阮忠彥等眾多著名宿儒，以及陳太宗、陳仁宗、陳光啟、范五老、胡季犛等諸位國王宗室，他們身份各異，但均為通經博史、能詩擅文的文學專才。甚至像李道載（玄光）這樣的僧人，也有不少漢詩極富優美的詩意，仿佛帶著唐詩的風味，以其《菊花六首》組詩為例：「松聲蔣詡先生徑，梅景西湖處士家。義氣不同難苟合，故園隨處吐黃花。」（其一）「大江無夢浣枯腸，百詠梅花讓好妝。老去愁秋吟未穩，詩瓢實為菊花茫。」（其二）「忘身忘世已都忘，坐久蕭然一榻涼。歲晚山中無曆日，菊花開處即重陽。」（其三）「年年和露向秋開，月淡風光愜寸懷。堪笑不明花妙處，滿頭隨到插歸來。」（其四）「花在中庭人在樓，焚香獨坐自忘憂。主人與物渾無競，花向群芳出一頭。」（其五）「春來黃白

屈一指的儒學家、教育家，歷任國子監司業、國子監祭酒等職。陳裕宗（1341年～1369年）時，文安上《七斬疏》，奏斬7名奸臣，皇帝未准，遂辭職退隱授徒。他科舉高中的弟子有著名儒生范師孟、黎適等。

〔註8〕〔越〕文學院：《李陳詩文》（第三集），河內：社會科學出版社，1978年，第60頁。

〔註9〕〔越〕文學院：《李陳詩文》（第三集），河內：社會科學出版社，1978年，第171頁。

〔註10〕〔越〕文學院：《李陳詩文》（第三集），河內：社會科學出版社，1978年，第401頁。

各芳菲，愛豔憐香亦似時。遍界繁華全墜地，後彫顏色屬東籬。」（其六）〔註 11〕詩運興盛，高手輩出，詠菊抒懷，氣度不凡，陳朝漢詩水平之高，於此可見一斑。

三、李陳漢詩對唐詩詞句的化用

如上所述，化用前人詩作中的詞、句、意使用技巧，是中國古典詩歌中常見的基本表現手法和評判角度，也是東亞漢詩創作中的用力點及用功處，最受詩人重視。毛翰先生認為日本、越南、朝鮮（韓國）等國的漢詩創作多「抄襲中國之作」〔註 12〕，但當深入考察中國古代詩歌，不難發現中國歷代詩人的詩歌創作中，也普遍地採用這種化用前人詩作的方法來寫作。在一首詩中，有的修改前人作品的幾個字便當作自己的創作。連在唐代大詩人的詩作中，都常見這樣的例子。譬如杜甫《遣興五首・其四》：「蓬生非無根，漂蕩隨高風。」〔註 13〕此詩句用典來自魏晉曹植《雜詩七首・轉蓬離本根》：「轉蓬離本根，飄颻隨長風。」〔註 14〕杜甫《夢李白二首・其二》「千秋萬歲名，寂寞身後事。」〔註 15〕化用自三國魏詩人阮籍《詠懷八十二首・其十五》：「千秋萬歲後，榮名安所之？」〔註 16〕杜甫《閬州東樓筵奉送十一舅往青城縣得昏字》：「霜露在草根」〔註 17〕，來自南北朝沈約《宿東園》：「草根積

〔註 11〕〔越〕文學院：《李陳詩文》（第二集），河內：社會科學出版社，1988 年，第 700～701 頁。

〔註 12〕見毛翰：《被鄰國抄襲的中國古詩》，《文藝研究》，2011 年第 1 期，第 163～165 頁。

〔註 13〕彭定求等編：《全唐詩》（第七冊），北京：中華書局，1960 年（2015 年重印），第 2290 頁。

〔註 14〕曹植著，聶文郁注譯：《曹植詩解譯》，西寧：青海人民出版社，1985 年，第 167 頁。

〔註 15〕彭定求等編：《全唐詩》（第七冊），北京：中華書局，1960 年（2015 年重印），第 2289 頁。

〔註 16〕羅仲鼎編著：《阮籍詠懷詩譯解》，南京：南京大學出版社，1999 年，第 58 頁。

〔註 17〕彭定求等編：《全唐詩》（第七冊），北京：中華書局，1960 年（2015 年重印），第 2323 頁。

霜露。」〔註 18〕杜甫《贈蜀僧閭丘師兄》:「景晏步修廊，而無車馬喧。」〔註 19〕借用東晉陶淵明的《飲酒二十首・其五》:「結廬在人境，而無車馬喧。」〔註 20〕諸如此類的借鑒前人詩作情況非常普遍。再看李白《春日獨酌二首・其一》「彼物皆有托，吾生獨無依。」〔註 21〕化用自陶淵明《詠貧士七首・其一》:「萬族各有托，孤雲獨無依。」〔註 22〕李白《送友人尋越中山水》:「千岩泉灑落，萬壑樹縈回。」〔註 23〕引用自鮑照《登廬山》詩:「千岩盛阻積，萬壑勢回縈。」〔註 24〕李白詩中還多化用謝朓、曹植、謝靈運等多人之詩。唐代王維也多化用《詩經》、漢魏六朝詩歌、民歌民謠等語典，例如王維《登樓歌》:「時不可兮再得，君何為兮偃蹇。」〔註 25〕典出先秦屈原《楚辭・九歌・湘君》:「旹不可兮再得，聊逍遙兮容與。」〔註 26〕，宋代蘇軾《送小本禪師赴法云》:「是身如浮雲，安得限南北。」〔註 27〕化用杜甫《別贊上人》:「是身如浮雲，安可限南北。」〔註 28〕蘇軾詩中引用杜甫詩的情況還

〔註 18〕季伏昆主編：《金陵詩文鑒賞》，南京：南京出版社，1998 年，第 18 頁。

〔註 19〕彭定求等編：《全唐詩》(第七冊)，北京：中華書局，1960 年 (2015 年重印)，第 2304 頁。

〔註 20〕陶淵明，郭維林、包景誠譯注：《陶淵明集全譯》，貴州：貴州人民出版社，2008 年，第 123 頁。

〔註 21〕彭定求等編：《全唐詩》(第六冊)，北京：中華書局，1960 年 (2015 年重印)，第 1855 頁。

〔註 22〕陶淵明，郭維林、包景誠譯注：《陶淵明集全譯》，貴州：貴州人民出版社，2008 年，第 184 頁。

〔註 23〕彭定求等編：《全唐詩》(第五冊)，北京：中華書局，1960 年 (2015 年重印)，第 1790 頁。

〔註 24〕曹濟平、韓龍瑤、吳惠風編著：《旅遊文學》，南京：東南大學出版社，2007 年，第 31 頁。

〔註 25〕彭定求等編：《全唐詩》(第四冊)，北京：中華書局，1960 年 (2015 年重印)，第 1262 頁。

〔註 26〕屈原：《屈原》，上海：上海書局有限公司，1976 年，第 251 頁。

〔註 27〕蘇軾著，馮應榴輯注：《蘇軾詩集》(第八冊)，北京：中華書局，1982 年，第 1758 頁。

〔註 28〕彭定求等編：《全唐詩》(第七冊)，北京：中華書局，1960 年 (2015 年重印)，第 2294 頁。

有很多，這裏不再一一列出。

從上面所引唐宋代表性詩人的事例中，可以知曉，化用或改造前輩詩人的詩文或典故來進行創作，是古代詩人在創作中經常運用的寫作途徑及藝術手法。東亞各國的漢詩創作自然也不外此正軌，無需大驚小怪。越南李陳朝漢詩人已坦然接受這種表達手法，登門入室，勤學苦練，藉之以古比今、以古證今、借古抒懷，正如劉勰在《文心雕龍》對「用典」修辭手法早已詮釋正名。化用前人詩作中的詞、句、意甚至全詩（只改數個字）的情況，我們可以在李陳漢文詩中看到不少。例如，被看作為越南古典詩歌中最古老的一首「化用」詩，是杜法順與宋代使者李覺之間的倡和次韻詩。在李朝漢詩中，筆者發現李朝僧人的許多偈頌、對機，來自唐代僧人的偈、頌、拈等。其借用字詞結構的比例非常高，有些幾乎是完全一樣，只是「潤色」二、三處而已，這可以李朝空路的《漁閑》和唐末詩人韓偓的《醉著》作為例證。除以上第三章中所稱引和剖析的各例之外，李朝的詩偈中還有不少「化用」前人詩作中類似的場合。例如李朝潘長原的「猿猴抱子歸青嶂，自古聖賢沒可量。」首句「猿猴抱子歸青嶂」用典，來自《澧州夾山善會禪師傳》的「問：『如何是夾山境？』師曰：『猿抱子歸青嶂裏，鳥銜花落碧岩前。』」〔註 29〕吳淨空（？～1170）的「上無片瓦遮，下無卓錐地。或易服直詣，或策杖而至。」來自《景德傳燈錄・揚州豐化和尚傳》：「上無片瓦，下無卓錐，學人向什麼處立？」〔註 30〕佚名《示法》「鍛煉身心始得清，森森直幹對虛庭。有人來問空王法，身作屏邊影襲形。」出自唐朝李翱《贈藥山高僧惟儼二首・其一》：「練得身形如鶴形，千株松下兩函經。我來問道無餘說，雲在青霄水在瓶。」〔註 31〕到了陳朝，陳嵩的一些

〔註 29〕見《五燈全書》，引自 CBETA 電子佛典 2016 年——《五燈全書（第 1 卷～第 33 卷）〔卷 10〕》——X81，No.1571。

〔註 30〕見道原著，顧宏義譯注：《景德傳燈錄譯注》（三），上海：上海書店出版社，2010 年，第 1479 頁。

〔註 31〕彭定求等編：《全唐詩》（第十一冊），北京：中華書局，1960 年（2015 年重印），第 4149 頁。

漢詩仍繼續運用著這種表現手法，其中主要受唐代僧人偈頌拈的影響。如陳嵩《退居》「夜夢觀音入荒草，秋江清淺露花橫。」化用自《臨安府徑山宗杲大慧普覺禪師傳》：「秋江清淺時，白露（一作鷺）和煙島。良哉觀世音，全身入荒草。」〔註 32〕當然，如本書第四章所述，陳朝漢詩人化用和改造中華古典詩偈中的詞、句、片語（短語）、旨意等，錘煉和提升自己漢詩創作的技巧能力，是非常成功的。所以陳朝漢詩得到了全面而深入發展，其創作呈現出純熟的筆法與鮮明的個性，詩作內容豐富，藝術表現力強，用典手法達到了熟練的程度，尤其是陳朝一大批宿儒的漢詩佳作。

李陳尚有一些漢詩尚未確定作者是誰。以《答北人問安南風俗》為例，這首五言八句漢文詩被越南文學院列入胡朝越帝胡季犛（1336～1407？）之作。詩云：「欲問安南事，安南風俗淳。衣冠唐制度，禮樂漢君臣。玉甕開新酒，金刀斫細鱗。年年二三月，桃李一般春。」〔註 33〕此詩現收錄於《全越詩錄》。在《越音詩集》（社會科學圖書館，館藏號：A.1925）的此詩下注：「此詩明《列朝集》題為日本使臣作。破、聯二句稍異。」〔註 34〕即便如此，《李陳詩文》（第三集）的編輯組仍認為：「若說由日本使臣作是不太可能，因為此詩談到吾國（越南——筆者注）的風俗習慣較為準確的。」〔註 35〕與此認定相同，毛翰先生〔註 36〕、陳文先生〔註 37〕等人皆認為此詩是由胡季犛所作。然而，據

〔註 32〕見《五燈全書》，引自 CBETA 電子佛典 2016 年——《五燈全書（第 34 卷～第 120 卷）〔卷 43〕》——X82，No.1571。

〔註 33〕〔越〕文學院：《李陳詩文》（第三集），河內：社會科學出版社，1978 年，第 245 頁。

〔註 34〕〔越〕文學院：《李陳詩文》（第三集），河內：社會科學出版社，1978 年，第 246 頁。

〔註 35〕〔越〕文學院：《李陳詩文》（第三集），河內：社會科學出版社，1978 年，第 246 頁。

〔註 36〕毛翰：《衣冠唐制度，禮樂漢君臣——越南歷代漢詩概說》，《安徽理工大學學報（社會科學版）》，2010 年第 1 期，第 43 頁。

〔註 37〕作者引用此詩自「潘孚先編輯，李子晉批點：《皇越詩選．閏胡》，第 13 頁，越南國家圖書館藏本，編號 R. 1629」（見陳文：《科舉取士與儒學

孫海橋所論，對此詩的來源，學界一直是眾說紛紜。一說認為此詩是由日本人滕木吉一次韻宋真宗趙恒所作。在明代馮應京編纂的《月令廣義》一書中，亦認為是由日本人所作，全詩如下：「君問吾風俗，吾風俗最淳。衣冠唐制度，禮樂漢君臣。玉甕儲新酒，金刀剖細鱗。年年二三月，桃李一般春。」而據吳伯宗的《榮進集》則認為「此詩乃是洪武十年吳伯宗出使安南之後作。詩下注有小字：『伯宗出使安南後，奉旨召還京師，因上問而答也。』全詩如下：『上問安南事，安南風俗淳。衣冠唐日月，禮樂舜乾坤。瓦甕呈新酒，金刀破細鱗。年年二三月，桃李一般春。』」此外，還有《答大明皇帝問日本風俗詩》是由日本使臣所作。但對此詩也有二說：第一說認為其作者是嗜哩嘛哈，全詩曰：「國比中原國，人同上古人。衣冠唐制度，禮樂漢君臣。銀甕蒭清酒，金刀膾錦鱗。年年二三月，桃李一般春。」第二說認為其作者是答裏麻，全詩云：「國比中原國，人同上古人。衣冠唐制度，禮樂漢君臣。銀甕蒭清酒，金刀膾紫鱗。年年二三月，桃李自陽春。」引用和剖析數種來源後，孫海橋論文的結論說：「該詩的作者為明代正德年間之日本使者，音譯之名為嗜哩嘛哈、答裏麻、答黑麻，其人並非僧人，應為日本貴族或者高級武士，且漢文化水準頗高。」〔註 38〕近來在評價此詩時，越南學者阮公理亦有涉及吳伯宗《榮進集》和日本使臣嗜哩嘛哈的另一個版本（異本），但對照後，他下定論說「胡季犛的詩篇的出現比那兩首早」〔註 39〕，同時亦說在潘孚先的《越音詩集》中「載其作者為胡季犛」〔註 40〕。這一點與《李陳詩文》（第三集）所注釋的有不同

在越南的傳播發展——以越南後黎朝為中心》，《世界歷史》，2012 年第 5 期，第 69 頁）。但依筆者所知，《皇越詩選》的編輯應是裴輝璧，而《越音詩集》才是由潘孚先編輯，朱車加補，李子晉題跋、勘正和批點？

〔註 38〕孫海橋：《「衣冠唐制度，禮樂漢君臣」詩源考》，《廣西職業技術學院學報》，2013 年第 3 期，第 84～87 頁。

〔註 39〕〔越〕阮公理：《李陳文學》，胡志明：胡志明出版社，2018 年，第 170 頁（Nguyễn Công Lý (2018), *Văn học Lý Trần*, Nxb.TP. Hồ Chí Minh, tr.170）。

〔註 40〕〔越〕阮公理：《李陳文學》，胡志明：胡志明出版社，2018 年，第 170 頁。

之處。無論辨析爭論的結果如何，東亞漢文學交流過程中，出現互相間的詩文（小說）抄襲、文本交叉混同的現象，已然成為一種常見想像，自有其存在的必然性，今人無須驚歎，更無須強作解人。因此我們贊成阮公理的看法：「從固有的作品抄錄、模仿，然後改變（甚至僅改數個字）或重新創造，以成為另外作品，是世界各地在中代時期的文學文化的特殊規律，而不僅限於漢文文化地區中。」〔註 41〕

在此看來，研究李陳漢詩對唐詩句詞意的化用，還往往會面臨著一個難解的困境，那就是文本勘察的難題。人們常說，千年之後連石碑亦會殘損，那麼刻在墓碑上的那些詩、頌、表、檄、策文、教令等，乃至後世複製或翻版的那些古籍文字，一定難免會發生錯誤。在考察研究東亞漢詩時，會發現在許多背景下，這國這人的一首漢詩，在其傳播過程中，經常會被誤抄成那國那人的詩作，這是較為普遍的現象。以越南後黎朝博學家黎貴惇的《見聞小錄．禪逸》為例看。在《禪逸》中，黎貴惇將中華僧人的許多詩偈、語錄，附會為越南明珠香海僧人（1628～1715）所作。據越南學者黎孟撻的研究，這一誤判的數量，達到四十餘首詩偈和五段語錄。〔註 42〕正因如此，黎孟撻期望後人若繼續研究越南漢詩文，「必須特別謹慎，盡力去得到一個相當於祖先的所學，以便能夠分別他們所創作的及來自外國文獻（資料）的摘引，具體是中國。」〔註 43〕從這些抄錄疑問案例來看，可以明確的證明，越南中代詩歌自願地接受和仿學中華古典詩歌，成為當時越南詩人的普遍愛好。

〔註 41〕〔越〕阮公理：《李陳文學》，胡志明：胡志明出版社，2018 年，第 170 頁。

〔註 42〕〔越〕黎孟撻：《明珠香海全集》（書後附漢文版），胡志明：胡志明出版社，2000 年，第 8 頁（Lê Mạnh Thát (2000), *Toàn tập Minh Châu Hương Hải*, Nxb. TP. Hồ Chí Minh, tr.8）。

〔註 43〕〔越〕黎孟撻：《明珠香海全集》（書後附漢文版），胡志明：胡志明出版社，2000 年，第 8 頁。

四、李陳文人對唐詩及詩人的推崇

唐朝是中國歷史上最為輝煌的強大王朝，而唐詩則被公認為是中華文學史上的無上瑰寶。從初唐開始，已出現了許多傑出的詩人，諸如王勃、楊炯、盧照鄰、駱賓王，簡稱「王楊盧駱」，亦被合稱「初唐四傑」。他們詩歌創作藝術風格上雖有一些相似之處，但也各有風範，各有突出的個性特徵。他們皆為「早熟的天才，極富於文學才華」〔註44〕。稍後出現了極重要的沈佺期與宋之問，他們繼往開來，促進了唐詩的發展和繁榮，尤其在五言律詩的完成和定型以及題材的拓展、詩歌藝術的演進等方面，皆作出了重要貢獻，對後世乃至東亞詩歌都有著重大影響，正如明代文學家王世貞（1526～1590）所說的那樣：「五言至沈宋始可稱律。」在初唐時期的詩壇上，還出現了詩學理論家、傑出詩人陳子昂。他的詩歌成就及其在中華詩歌發展史上，有著極重要的地位，對唐詩的發展和繁榮，影響深刻而久遠，「足可名標青史而永垂不朽的」。盛唐時期（713～770：玄宗開元元年，至代宗大曆五年），是中華古詩發展的黃金時期，其中詩歌創作的藝術成就最高、影響最大的詩人是李白、杜甫（這兩位被贊作盛唐詩壇的「雙子星座」）、王維、孟浩然（這兩位為代表山水田園詩派）、高適、岑參（這兩位為代表邊塞詩派）。另外，還有張九齡、王之渙、賀知章、王昌齡、崔顥、劉長卿、王翰等其他著名詩人，他們詩歌對後世產生了極為深遠的影響。中唐時期（771～835：代宗大曆六年，至文宗大和九年），是中華古詩發展的又一個繁榮時期，其中包括韋應物、柳宗元（這兩位在五言古詩創作的方面上頗有成就）、韓愈、孟郊、賈島、盧仝、李賀等人（這詩人群體為代表險怪詩派）、白居易、李賀、李端、張籍、元稹、稹張祜、劉言史、莊南傑、盧綸、韓翃諸人，各自詩歌創作上顯示著自己的特色，他們在中華詩歌史上，佔據了重要的地位。到了晚唐時期（836～907：文宗開成元年，至哀帝天祐四年），這個時期的詩歌雖像「夕陽無限好，

〔註44〕 房日晰：《唐詩比較研究》，合肥：安徽大學出版社，2004 年，第 17 頁。

只是近黃昏」，卻也出現了另一批著名詩人，如李商隱、溫庭筠、杜牧、陳陶、馬戴、杜荀鶴、皮日休、羅隱、許渾、聶夷中等等。至此可謂，唐詩是中華文學中最光輝的巨大成就之一，可作為人類藝術文化的瑰寶，不僅詩人的數量多，詩歌的藝術水準也是「空前甚至絕後的」。據張忠綱等研究，《全唐詩》共收詩歌四萬九千四百零首，句一千五百五十五則（條），作者二千五百七十五人（不計神鬼怪等）。〔註 45〕而據陳伯海等研究，「唐代詩歌創作的盛況空前，僅目前留存的唐人詩作就有五萬餘首，有姓名可考的作者兩千多人，散佚、失傳的可能更多。」〔註 46〕

唐詩形式是多種多樣的，詩體種類是豐富多彩的，有三言體、四言體、五言體、六言體、七言體以及雜言體；有的要嚴格遵守格律，有的較為自由，不受格律的束縛，而其內容豐富，題材廣泛。按常見的分類，大概有山水田園詩、憫農詩、懷古詩、詠懷詩、愛情詩、邊塞詩、政治詩、戰爭詩、贈答詩、行旅詩、閨怨詩、抒情詩、敘事詩等多種類型。其中有許多首只有 20 個漢字（五言絕句），卻表現出含蓄性、形象性、多義性、言簡意賅和絃外之音，例如李白《靜夜思》：「床前看月光，疑是地上霜。舉頭望山月，低頭思故鄉。」〔註 47〕這首五絕雖然短小，但是充分體現了幅具備「明月」、「霜」以及詩人的思鄉之情的秋日夜晚天然景色。唐詩語言的創造力、抒情性和敘事性三者緊密融合，構成一幅幅多姿多彩的抒情敘事畫面。唐詩中往往帶有鮮明景物、鮮活形象、期待思念，以張繼《楓橋夜泊》為例：「月落烏啼霜滿天，江楓漁火對愁眠。姑蘇城外寒山寺，夜半鐘聲到客船。」〔註 48〕此首七

〔註 45〕張忠綱等著：《中國新時期唐詩研究述評》，安徽：安徽大學出版社，2000 年，第 2 頁。

〔註 46〕陳伯海等著：《唐詩學引論》，上海：上海古籍出版社，2015 年，第 1 頁。

〔註 47〕彭定求等編：《全唐詩》（第五冊），北京：中華書局，1960 年（2015 年重印），第 1709 頁。

〔註 48〕彭定求等編：《全唐詩》（第八冊），北京：中華書局，1960 年（2015 年重印），第 2721 頁。

絕，如有人說「有景有情有聲有色」，在東南亞各國有很大的影響，這是很容易讓人產生強烈共鳴的。

正是由於這樣的吸引力，所以唐詩從形成的早期就已跨出了國界，廣泛流行並深廣影響到了世界許多國家，特別是越南、日本、韓國——朝鮮等亞洲國家。越南漢詩創作中有不少就是直接從改寫唐詩而來，如李朝楊空路的《言懷》:「選得龍蛇地可居，野情終日樂無餘。有時直上孤峰頂，長嘯一聲寒太虛。」此詩出自唐代詩人李翱《贈藥山高僧惟儼二首》中的一首：「選得幽居愜野情，終年無送亦無迎。有時直上孤峰頂，月下披雲嘯一聲。」甚至，有的只修改一個字，如楊空路的《漁閑》:「萬里清江萬里天，一村桑柘一村煙。漁翁睡著無人喚，過午醒來雪滿船。」來自晚唐翰林學士韓偓的《醉著》:「萬里清江萬里天，一村桑柘一村煙。漁翁醉著無人喚，過午醒來雪滿船。」只把「睡」字換成了「醉」字。除了對唐朝詩人詩作的化用之外，李朝僧詩主要深受唐代僧人詩偈頌——從形式上至內容上的影響，諸如道悟、善會、惟儼、同安等諸僧人。李朝漢詩對唐代僧人詩、偈、頌、拈的化用次數是較為頻繁。然而，到了陳朝漢詩，這種「化用」修辭手法就得到了大發展。李朝漢詩化用的典故，大都來自唐代大詩人的傳世名篇，諸如杜甫《夢李白二首》或《可歎》或《秋興八首》、劉長卿《秋杪江亭有作》、劉禹錫《烏衣巷》、王勃《滕王閣》、杜牧《九日齊山登高》、孟郊《遊子吟》、韓愈《進學解》等等。而在陳朝漢詩中，還出現了許多唐代詩人的形象，諸如杜甫、李白、白居易、韓愈、劉禹錫、王勃、孟郊、孟浩然、李密、杜牧、趙州禪師、靈祐禪師、玄沙師備禪師、志勤禪師等等。李陳文人常在漢詩創作中化用唐詩的體裁、詞句、典故、詩人形象等，來表達自己的思想感情、意志願望或某些問題的立場與態度。這是一種「援古證今」、「以古比今」或「借古抒懷」的修辭手法。從化用方面觀察，李陳文人對唐代詩人詩作頗為諳詳。唐詩與唐朝詩人的吸引力和價值，不僅受到古代越南詩人的學習和欽佩，而且到了 19 世紀，最具代表性的越南詩人阮攸（Nguyễn Du, 1765～1820），對唐詩也是如此敬仰。史籍記載，有一次他出使中華，行至耒陽杜甫墓時，難遏內心激情，作《耒陽杜少陵墓》詩憑弔，以表達對這位千古詩人的愛重和欽佩，詩中寫道：

千古文章千古師，平生佩服未常離。

耒陽松柏不知處，秋浦（一作蒲）魚龍有所思。

異代相憐空灑（一作有）淚，一窮至此豈工詩。

掉頭舊症醫痊未，地下無令鬼輩嗤。〔註 49〕

不少越南現代文學研究家亦嘆羨唐詩。例如，越南文學研究家兼翻譯家陳仲刪先生（1930～1998）就認為：「談到中國，人們都僅談到唐詩。固然在此之前，曾有愛慕《詩經》、屈原的抒情作品、楚辭的宋玉、建安時代曹的文章以及晉朝陶淵明的田園詩的風潮，但只是明亮而零散的星星，怎能如同唐詩，明亮整個滿星宿、具姮娥、有銀河、北斗星（北辰）的天空。唐代的確是中國詩歌的黃金時代。在此之後，是詩壇上的漫長幽寂之場景。」〔註 50〕而越南近現代文學研究專家黃如梅教授（Hoàng Như Mai, 1919～2013）則主張：「我們的讀者需要閱讀唐詩，原因有二：一是為鑒賞個獨到的詩歌；二是為對我們文章借用典故、詩意和詩詞作更加深刻的理解。」〔註 51〕

五、李陳漢詩中的幾個基本特質

與其他文化的形態一樣，詩歌的形式在民族的每一段歷史中都具有其社會價值和時代意義。任何詩歌形式都有其萌發、進展和轉化的過程。沒有人可以否認李陳詩歌與中國古代詩歌有著密切關係。甚至以肯定地說，李陳漢詩體裁基本上是從中國固有的詩體形式吸收、和

〔註 49〕〔越〕黎鑠、張正譯注：《阮攸漢詩》，河內：文學出版社，1965 年（2012 重印），第 273 頁（Lê Thước, Trương Chính chú dịch (2012), *Thơ chữ Hán Nguyễn Du* (in lại theo bản 1965), Nxb. Văn học – Hà Nội, tr.273）。

〔註 50〕見〔越〕吳文富：《唐詩在越南》，河內：作家會出版社，2001 年，第 156～157。

〔註 51〕見〔越〕吳文富：《唐詩在越南》，河內：作家會出版社，2001 年，第 163。

改造出來的。在其借用的過程中，李陳詩人已將自己的「愛好」和「靈魂」注入了詩作，把中國詩歌文化的精髓，變成了自己的精神、自創漢詩的個性理解。李陳漢詩在功用內容上以及表達方式方面皆有自己的改造，從而形成越南漢詩的三方面特質。

第一，李陳時代越南民族精神：貫穿於建國初期，甚至早在北屬時期，就有不少越南漢詩帶有神靈、傳奇色彩和民族意識，表現出對大南國族的熱愛，就像定空的三首頌、杜法順的《答國王國祚之問》等等。其中，最值得注意的是唐律七言絕句《南國山河》。儘管這首詩借用了唐律詩乃至借用了「定分」、「天書」等中華的一些概念，但是其口氣慷慨激昂、滿懷著愛國精神。到陳朝時期，還看到氣宇軒昂的衛國戰士，如在陳國峻《口吟》、陳光啟《從駕還京師》、范五老《述懷》等漢詩中都有描繪。而在民族自豪精神鼓勵下，主要回憶到在白藤江上的勝利，就見有阮𠐞《白藤江》、陳奣《白藤江》、范師孟《登石門山留題》、張漢超《白藤江賦》等漢詩。然而，對於大越民族來說，戰爭是迫不得已的凶事，執政君王總是渴望著有一個和平、安定的生活環境，就像阮忠彥的《太平路》和《北使宿丘溫驛》或法順的《答國王國祚之問》等漢詩皆表達了這種願望。

第二，李陳時代越南國人形象：李陳時越南人是親近、好客和仗義的人。這在陳光啟的《送北使柴莊卿》或在陳昑陳仁宗的《饋張顯卿春餅》（可參第四章）中有所體現。李陳時越南詩人是慷慨和寬容的，他們會關心人生之苦，愛惜那些艱辛的獄中囚犯。面臨著俘虜，李道載玄光心底掀起了深刻感動，憐憫和分享心，詩人便刳血向俘虜寫信，表白了深情的感傷：「刳血書成欲寄音，孤飛寒雁塞雲深。幾家愁對今霄月，兩處茫然一種心。」（《愛俘虜》）〔註 52〕李陳漢詩中的越南人及其國家的形象，充滿了色彩。江山的景觀既富有詩意，又有雄偉壯觀。在張漢超《白藤江賦》中，可以看到：「水天一色，風景

〔註 52〕〔越〕文學院：《李陳詩文》（第二集），河內：社會科學出版社，1988 年，第 692 頁。

三秋。渚荻岸蘆，瑟瑟颼颼。」在鄉野的場景中，還見證「老桑」、「葉落」、「蠶方盡」、「早稻花」、「蟹正肥」等秋天的特徵，這在阮忠彥的漢詩《歸興》中可以見到：「老桑葉落蠶方盡，早稻花香蟹正肥。見說在家貧亦好，江南雖樂不如歸。」〔註53〕正因為是南國有這樣不可思議的「奇景」，所以使得不少元朝的出使者多次被這個熱鬧、繁華的鄉村區所吸引，如陳孚《安南即事》云：「墟落多施榻，顛崖屢改途。千艘商斥鹵，四穫粒膏腴。短短桑苗圃，叢叢竹刺衢。牛蕉垂似劍，龍荔綴如珠。寶罽羅鸚䳇，名香屑鷓鴣。」〔註54〕而在京城區，元朝副使李思衍與徐明善有機會出使大越國訪問時，亦有時尚「袖手」（藏手於袖）坐著看越人下圍棋，這見於《觀棋二首・其一》：「地席跏趺午坐涼，棋邊袖手看人忙。檳榔椰葉（一作蔞葉）又春綠（一作緣），送到誰家橘柚香。」（「安南柚花甚香，如茉莉，嶺北所無」）〔註55〕這首漢詩說明大越的悠久風土人情。這種高雅之趣味亦被元朝使者徐明善在《佐兩山使交春夜觀棋贈世子》詩中所抒寫：「綠滄庭院月娟娟，人在壺中小有天。身共一枰紅燭底，心遊萬仞碧霄邊。誰能喚醒迷魂著，賴有旁觀袖手仙。戰勝將驕兵所忌，從新局面恐防眠。」〔註56〕樂子被置於如此優雅、浪漫的環境中，只能是達到了相當高的認識水準之人了。

第三，佛儒道三教的融合色彩：至今仍存在著與佛教詩歌定名有關的爭議，例如「禪詩」、「僧詩」還是「寺詩」。有學者認為，在越南佛教文學「並不構成一個特定（單獨）的詩文，無論是在一個階段裏，

〔註53〕羅長山：《越南陳朝使臣中國使程詩文選輯》，《廣西教育學院學報》，1998年第一期，第207頁。

〔註54〕（清）顧嗣立編，《元詩選》（二集　上），北京：中華書局，1987年，第246～247頁。

〔註55〕見〔越〕黎崱著，武尚清點校：《安南志略》，北京：中華書局，2000年，第392頁；亦見周思成：《元人詩歌中的安南出使與南國奇景》，《文史知識》，第11期，2015年，第30頁。

〔註56〕〔越〕黎崱著：《安南志略》，武尚清點校，北京：中華書局，2000年，第392～293頁。

還是在整個國家的文學史上。」〔註 57〕然而，依據作者、作品的統計數據，尤其是李陳的詩歌，我們可以肯定，越南詩歌曾經有過一部分佛教詩歌。我們要是統一將李陳文學列「為越南書面文學的第一階段完整之程……意味著為民族文學奠定了夯實基礎」〔註 58〕，那麼佛教詩文就是越南文學不可分割的一個重要組成部分。在考察李陳詩文的過程中，我們不難發現有一大部分均是佛教詩歌創作，其中有兩個主流主導內容。正如越南研究家陳氏冰清（Trần Thị Băng Thanh, 1938～）所概括的：「第一個主流是直接辯解哲學、教理乃至修行法門的作品；第二個主流是佛教的概念、深奧哲學內容甚至『伽藍』之景，其只如提示、接引光流一樣，助於詩人對人生有更深刻的感興而走向某個定向罷了。因而，每個作品的主流都有對象、內容、藝術手法和繁盛時期。」〔註 59〕值得注意的是，在佛教詩文作品中，又有儒家和道家的言詞、思想相錯雜。在某一創作中，文人將三支佛儒道思想體系巧妙地結合成一體，後人稱之為「三教融合」、「三教合一」、「三教並行」、「三教同源」等諸名。這種三教融合常見於哲學領域中，而其主要發生在中國、越南、日本、韓國——朝鮮東亞佛學文化圈（東亞儒學文化圈／或東亞漢字文化圈）地區中。這種現象反映了東方哲學的特點之一——是哲學、宗教、政治和道德之間的相輔相成、不可分割之結合。當然，在文學作品中，咱們很少看到這種現象。在李陳詩文中，「三教融合」或「三教合一」是佛教、儒教、道教三支系思想體系中的融會貫通，被越南文化傳統「軟化」，並受到當時政治因素的制約，最常見的是僧侶的詩作。諸如李朝李乾德仁宗（1066～1128）《贊覺海禪師通玄道人》：「覺海心

〔註 57〕阮維馨：《佛教與越南文學》，《文學雜誌》，1992 年第 4 期，引自〔越〕阮孟雄：《李陳文學——從體裁角度看》，河內：教育出版社，1996 年，第 36 頁。

〔註 58〕〔越〕文學院：《李陳詩文》（第一集），河內：社會科學出版社，1977 年，第 7 頁。

〔註 59〕〔越〕陳氏冰清：《關於中代文學的幾點思考》，河內：社會科學出版社，1999 年，第 422～423 頁（Trần Thị Băng Thanh (1999), *Những suy nghĩ từ văn học trung đại*, Nxb. Khoa học xã hội, tr.422～423）。

如海，通玄道又玄。神通兼變化，一佛一神仙。」〔註 60〕又如黎純現光（？～1221）《答僧問》：「那似許由德，何知世幾春。無為居曠野，逍遙自在人。」〔註 61〕

這些漢詩表明佛教和道教為同等重要。或如《南國山河》中的「天書」觀念，出自儒教的古籍；或如在范五老《述懷》中的「功名」、「氣吞牛」等詞語，亦有儒教君子的戰鬥意志。特別是這種融合，散見於陳煚太宗和陳嵩慧忠的詩文創作中（如本書第四章所述）。這是李陳詩文中佛儒道之間審美因素的薈萃；是把民族精神的因素調配於詩內，使其達到理想的和諧，進而使得李陳漢詩形成特別的色彩。

此外，以上「越化」（越南化）的過程還體現在用典手法中。李陳漢詩人進行創作時，往往會以越南的古籍、傳說、歷史、地名、景觀，等為詩料。在漢詩體式方面，這種「越化」過程在疊詞、疊韻、節奏、音律等細節中也可以看到。因為越南人的生理、心理、語音等的節拍（節律）與北方人的有所不同，但對此藝術領域需要有專門研究的人才能發現這些規律。較為容易看到的「越化」表現是在漢詩的語言文字方面。從保留下來的碑記中可以看到，從李朝時代起，喃字就在越南文學中出現了。但可惜的是，這些喃字作品至今皆已失傳。到了陳朝時代，形成了較為完整的喃文詩賦作品。當時，喃字（或稱字喃）日趨受歡迎，這表明越南民族獨立的意識越來越強，本土文化水準也越來越高。這是一個有意義的話題，但是由於時間條件還不允許；再則，關於李陳的喃字資料到目前為止筆者還未收集完備，所以本書僅對李陳漢詩創作中的基本方面（角度）展開探索研究。以上只是初步研究的結果，繼承和發展了前人的零星研究成果，對兩朝漢文學文獻資料進行了初步梳理和研究。在本課題研究過程中，筆者採用的研究法固然和

〔註 60〕〔越〕文學院：《李陳詩文》（第一集），河內：社會科學出版社，1977年，第 434 頁。

〔註 61〕〔越〕文學院：《李陳詩文》（第一集），河內：社會科學出版社，1977年，第 553 頁。

前人研究有一些不同處。筆者覺得學界對此課題尚未進行系統化的研究，大多數都習慣上將李陳兩朝文學合併在一起，作為一個特殊的文學階段來研究，且籠統地、零散地闡述。而在本文研究中，筆者將李朝漢詩與陳朝漢詩區分開來，各為一章，分別深入進行去瞭解，同時從不同的角度、尤其是唐詩律的角度去進行系統而細緻地剖析其影響。最終筆者也提出了李陳漢詩創作的基本特色。雖然如此，但由於唐詩對李陳漢詩影響的複雜多變，時間長久，且文獻材料散失嚴重，因而從事本課題研究，難免存在著一些疏漏和不足。今後若有條件，筆者將繼續對北屬詩文以及越南漢詩文與東亞各國漢詩文之間的關係，展開進一步深入的探討研究。

附　錄

附錄一：越南後黎朝之前歷史年表（註 1）

原始氏族部落聯盟（傳說西元前 2879～前 208 年）

鴻龐氏（即文郎部落文明）	西元前 2879～前 258 年
甌雒部落聯盟（即所謂安陽王時期）	西元前 257～前 208 年

南越王越氏政權（西元前 207～前 111 年）

南越王（趙佗）	西元前 207～前 137 年
趙文王（趙胡）	西元前 136～前 125 年
趙明王（趙嬰齊）	西元前 124～前 113 年
趙哀王（趙興）	西元前 112 年
建德王（趙建德）	西元前 111 年

〔註 1〕參閱郭振鐸、張笑梅主編：《越南通史》，北京：中國人民大學出版社，2001 年，第 664～667 頁）。

吳氏自主政權（939～965 年）

吳王（吳權）	939～944 年　建立自主政權　自號為王
天策王（吳昌岌）	945～950 年　權長子　受楊平王制約
南晉王（吳昌文）	951～965 年　權次子　受丁部領制約

丁朝（968～980 年）

丁先皇（丁部領）	968～978 年在位
南越王（丁璉）	979 年
丁廢帝（丁璿）	979 年

前黎朝（980～1009 年）

天福帝（黎桓）	980～1005 年在位
中宗帝（黎龍鉞）	1005 年
黎龍鋌（黎至忠）	1005～1009 年

李朝（1010～1225 年）

李太祖（李公蘊）	1010～1028 年
黎太宗（李佛瑪）	1028～1054 年
李聖宗（李日尊）	1054～1072 年
李仁宗（李乾德）	1072～1127 年
李神宗（李陽煥）	1128～1138 年
李英宗（李天祚）	1138～1175 年
李高宗（李龍翰）	1176～1210 年
李惠宗（李昰）	1211～1224 年
李昭皇（李天馨）	1224～1225 年

陳朝（1225～1400年）

陳守度	不在其位實謀其事
陳太宗（陳日煚）	1225～1258年
陳聖宗（陳晃）	1258～1279年
陳仁宗（陳昤）	1279～1293年
陳英宗（陳烇）	1293～1314年
陳明宗（陳奣）	1314～1329年
陳憲宗（陳旺）	1329～1341年
陳裕宗（陳暭）	1341～1369年
昏德公（楊日禮）	1369～1370年
陳藝宗（陳暊）	1370～1373年
陳睿宗（號陳欽皇）	1373～1377年
陳廢帝（陳晛）	1377～1388年
陳順宗（號陳元皇）	1388～1398年
陳少帝（陳[illegible]）	1398～1400年

胡朝（1400～1407年）

胡季犛	1400年
胡漢蒼	1401～1407年

陳氏復辟時期（1407～1413年）

簡定帝（陳頠）	1407～1409年
重光帝（陳季擴）	1409～1414年

附錄二：越南李陳王朝時期的佛教傳承世譜圖示

Vinītarūci（毘尼多流支）派之傳承世譜圖示〔註 2〕

毘尼多流支（？～594）
↓
一世：法賢（？～626）
↓
二世：缺錄一位
↓
三世：缺錄一位〔註 3〕
↓
四世：清辯（？～686）
↓
五世：缺錄一位
↓
六世：缺錄一位
↓
七世：缺錄一位
↓
八世：定空（？～808）與缺錄兩位
↓
九世：缺錄三位〔註 4〕
↓
十世：羅貴（？～936）、法順（925～990）、摩訶（？～？）與缺錄一位〔註 5〕

〔註 2〕參閱〔越〕黎孟撻、阮郎、陳文甲、釋清慈等四位學者的記錄，其中本文以黎孟撻的記錄為主（見〔越〕黎孟撻：《禪苑集英之研究》，胡志明：胡志明市出版社，1999 年，第 250～304 頁）。

〔註 3〕其實，學界對以上三世有所不同的記載。阮郎與釋清慈認為第三世有惠嚴、法燈等兩位。然而，在黎孟撻《禪苑集英之研究》與依照密體引表來源於陳文甲的《圓音—Esquisse d』une histoire du Bouddhisme au Tonkin》（第 6～7 頁），則載此三世缺錄一位（見〔越〕阮郎：《越南佛教史論》（第一集），第 123～124 頁；〔越〕釋清慈：《越南禪師》，胡志明：胡志明市綜合出版社，2008 年，第 13 頁；〔越〕黎孟撻：《禪苑集英之研究》，胡志明：胡志明市出版社，1999 年，第 254 頁；〔越〕密體：《越南佛教史史略》，順化：順化出版社，1996 年，第 60 頁）。我終於決定依照黎孟撻選列表的理由，是因為我認為黎先生按《禪苑集英》一古籍來說明是有可靠性。

〔註 4〕黎孟撻載為缺錄三位，而陳文甲、釋清慈、阮郎等人均認為九世有三位，一位稱為通善，另兩位為缺錄。

〔註 5〕阮郎認為，摩訶（Mahamaya）卒年為 1029 年。此外，這位缺錄有可

十一世：禪翁（902～979）、崇範（1004～1087）與缺錄兩位

十二世：萬行（？～1018）〔註6〕、定惠（？～？）、道行（？～1117）〔註7〕、
持缽（1049～1117）、純真（？～1101）、〔註8〕缺錄一位、缺錄一位

十三世：惠生（？～1064）、禪岩（1093～1163）、明空（1066～1141）、
本寂（？～1140）與缺錄兩位

十四世：慶喜（1067～1142）與缺錄四位〔註9〕

十五世：戒空（？～？）、法融（？～1174）與缺錄一位

十六世：智閑（？～？）、真空（1046～1100）、道林（？～1203）與缺錄一位

十七世：妙仁（尼師，1042～1113）、圓學（1073～1136）、淨禪（1121～1193）
與缺錄一位

十八世：圓通（1080～1151）與缺錄一位〔註10〕

十九世：依山（？～1216）〔註11〕與缺錄一位

能是無礙禪師——崇範之師（見〔越〕阮郎：《越南佛教史論》（第一集），第124頁）。

〔註6〕越南學者阮郎、釋清慈以及越南文學院作者集體《李陳詩文》(第一集，河內社會科學出版社，1977年，第214頁）均載：萬行卒年為1018年，而黎孟撻載為1025年，陳文甲載為1000年。萬行生年不詳。

〔註7〕以上是按黎孟撻所記載的（《禪苑集英之研究》，第27頁）。此外，阮郎與陳文甲載道行卒年為1112年，釋清慈則載他卒年為1115年。

〔註8〕以上是按阮郎、陳文甲、釋清慈等作者的記錄。此外，黎孟撻記錄為1105年（《禪苑集英之研究》，第277頁）。

〔註9〕此缺錄四位其中有可能有性眼、性如——同門之友，廣福——戒空之師（見〔越〕阮郎：《越南佛教史論》（第一集），第124頁）。

〔註10〕阮郎推論，此位或然為定香禪師，依山之師（見〔越〕阮郎：《越南佛教史論》（第一集），第125頁）。

〔註11〕以上是我們根據黎孟撻與陳文甲記錄的。(見《禪苑集英之研究》，第303頁；《越南佛教史史略》，頁61)。此外，阮郎、釋清慈二人皆認為他卒年為1213年。

無言通派之傳承世譜圖示〔註 12〕

無言通（759？～826）

一世：感誠（？～860）

二世：善會（？～900）

三世：雲峰（？～956）

四世：匡越（933～1011）與缺錄一位

五世：多寶（？～？）與缺錄一位

六世：定香（？～1050）、禪老（？～？）與缺錄一位

七世：圓照（999～1090）、究旨（？～1067）、寶性（？～1034）、明心（？～1034）

廣智（1090）、李太宗（1028～1054）〔註 13〕與缺錄一位

八世：通辨（？～1134）、滿覺（1052～1096）、悟印（1020～1088）與缺錄三位

九世：道惠（？～1073）、辨才、寶鑒（？～1173）、空路（？～1119）〔註 14〕、

本淨（1100～1176）與缺錄三位

十世：明智（？～1196）〔註 15〕、信學（？～1200）〔註 16〕、

淨空（1091～1170）、大舍（1120～1180）、淨力（1112～1175）、

智寶（？～1190）〔註 17〕、長原（1110～1165）、淨戒（？～1027）、

〔註 12〕參閱黎孟撻、阮郎、陳文甲、釋清慈四位學者之記錄，其中本文以黎孟撻之記錄為主（見〔越〕黎孟撻：《禪苑集英之研究》，胡志明：胡志明市出版社，1999 年，第 170～249 頁）。

〔註 13〕以上是據陳仲金的記載（見〔越〕陳仲金：《越南史略》，河內：文化通訊出版社，1999 年），阮郎則記錄他卒年為 1028 年，生年不詳（見《越南佛教史論》（第一集），第 172 頁）。

〔註 14〕以上是據黎孟撻的記載（見《禪苑集英之研究》，第 212 頁）。阮郎記載為 1141 年（見《越南佛教史論》，第一集，頁 172）。陳文甲則記載為 1113 年（見〔越〕密體：《越南佛教史略》，第 90～91 頁）。

〔註 15〕以上是據黎孟撻和釋清慈的記載（見《禪苑集英之研究》，第 215 頁；見《越南禪師》，第 15 頁）。阮郎與陳文甲皆載為 1190 年。

〔註 16〕以上是據黎孟撻記載（見《禪苑集英之研究》，第 217 頁）。此外，釋清慈、阮郎、陳文甲則認同為 1190 年。

〔註 17〕以上是據釋清慈與黎孟撻記載（見《越南禪師》，第 15 頁；《禪苑集英之研究》，第 224 頁）。

覺海（？～1121）〔註18〕、願學（？～1181）〔註19〕與缺錄兩位

十一世：廣嚴（1122～1190）與缺錄八位

十二世：常照（？～1203）與缺錄六位

十三世：通禪〔註20〕（？～1228）、神儀（？～1216）與缺錄三位

十四世：息慮（？～？）、現光（？～1221）與缺錄三位〔註21〕

十五世：應王居士（？～）　缺錄六位〔註22〕

說明：黎孟撻、陳文甲、釋清慈等人皆認同無言通之世譜僅傳至應王居士與缺錄六位為止，而阮郎在《越南佛教史論》（第一集）中卻認為應王居士後，還有第十六十世，包括逍遙、戒明、戒圓、一宗國師〔註23〕。

草堂派（1055～1205）〔註24〕之傳承世譜圖示〔註25〕

草堂

一世：李聖宗皇帝（1054～1072）、般若遇赦

二世：吳益、弘明、空路、定覺

三世：杜武、梵音、李英宗皇帝（1138～1175）、杜都

四世：張三藏、真玄、杜常

五世：海淨、李高宗皇帝（1176～1210）、阮識、范奉禦

〔註18〕釋清慈記載為第十一、第十二世紀（見《越南禪師》，第15頁）。

〔註19〕以上是黎孟撻記載（見《禪苑集英之研究》，第234頁）。阮郎與釋清慈則記載1174（見《越南佛教史論》（第一集），第172頁；《越南禪師》，第15頁）。

〔註20〕以上法號是據阮郎與釋清慈記載，黎孟撻則記載為通師居士（見《禪苑集英之研究》，第241頁）。

〔註21〕阮郎推論，其中可能有隱空禪師，神禮之弟子。（見《越南佛教史論》（第一集），第172頁）。

〔註22〕阮郎認為，其中缺錄幾位可能有道圓禪師，現光之弟子。（見《越南佛教史論》（第一集），第173頁）。

〔註23〕參閱〔越〕阮郎：《越南佛教史論》（第一集），河內：河內文學出版社，1992年，第172頁。

〔註24〕見〔越〕釋清慈：《越南禪師》，胡志明：胡志明市綜合出版社，2008年，第16頁。

〔註25〕參閱〔越〕阮郎：《越南佛教史論》（第一集），河內：河內文學出版社，1992年，第209頁。

由中國傳入越南之禪宗承傳世譜圖示〔註 26〕

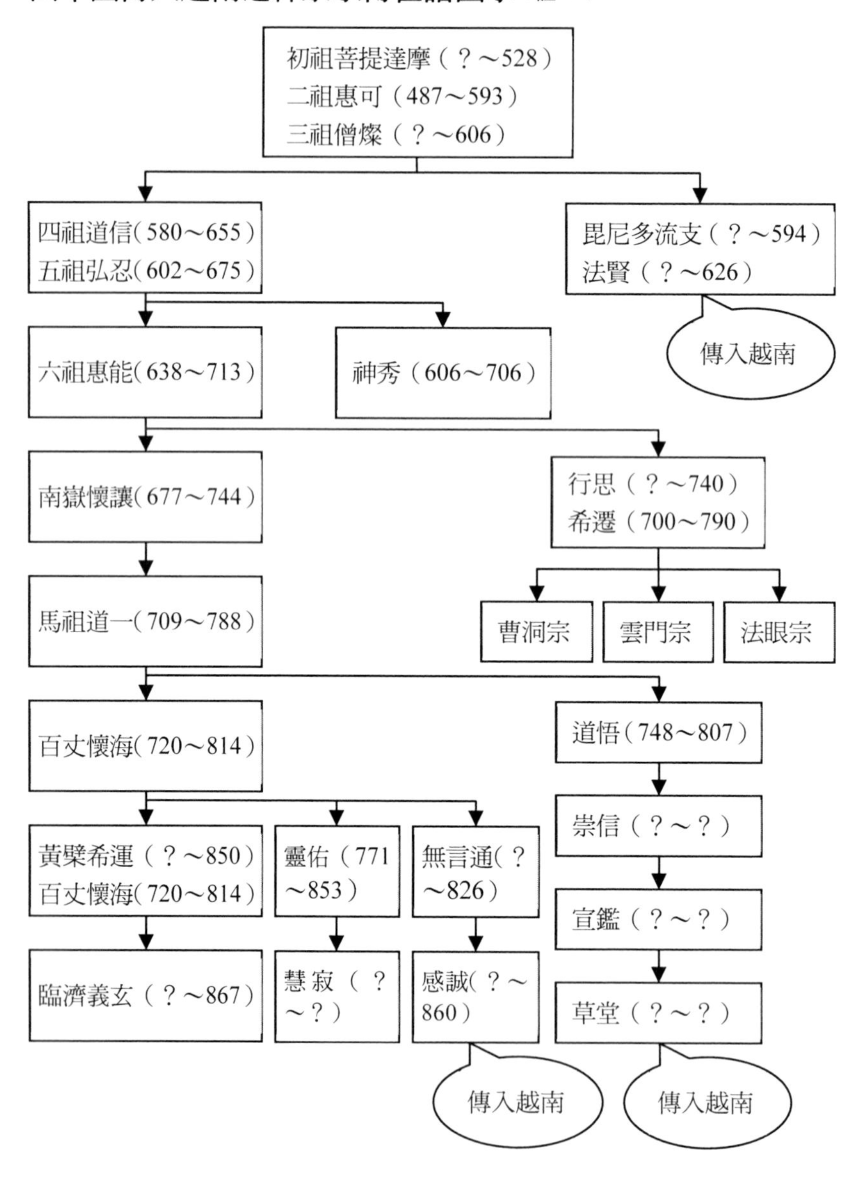

〔註 26〕 參閱〔越〕釋清慈：《越南禪師》，胡志明：胡志明市綜合出版社，2008年，第 12 頁；〔越〕密體：《越南佛教史略》，順化：順化出版社，1996年，第 43 頁。

安子竹林派之傳承世譜圖示〔註27〕

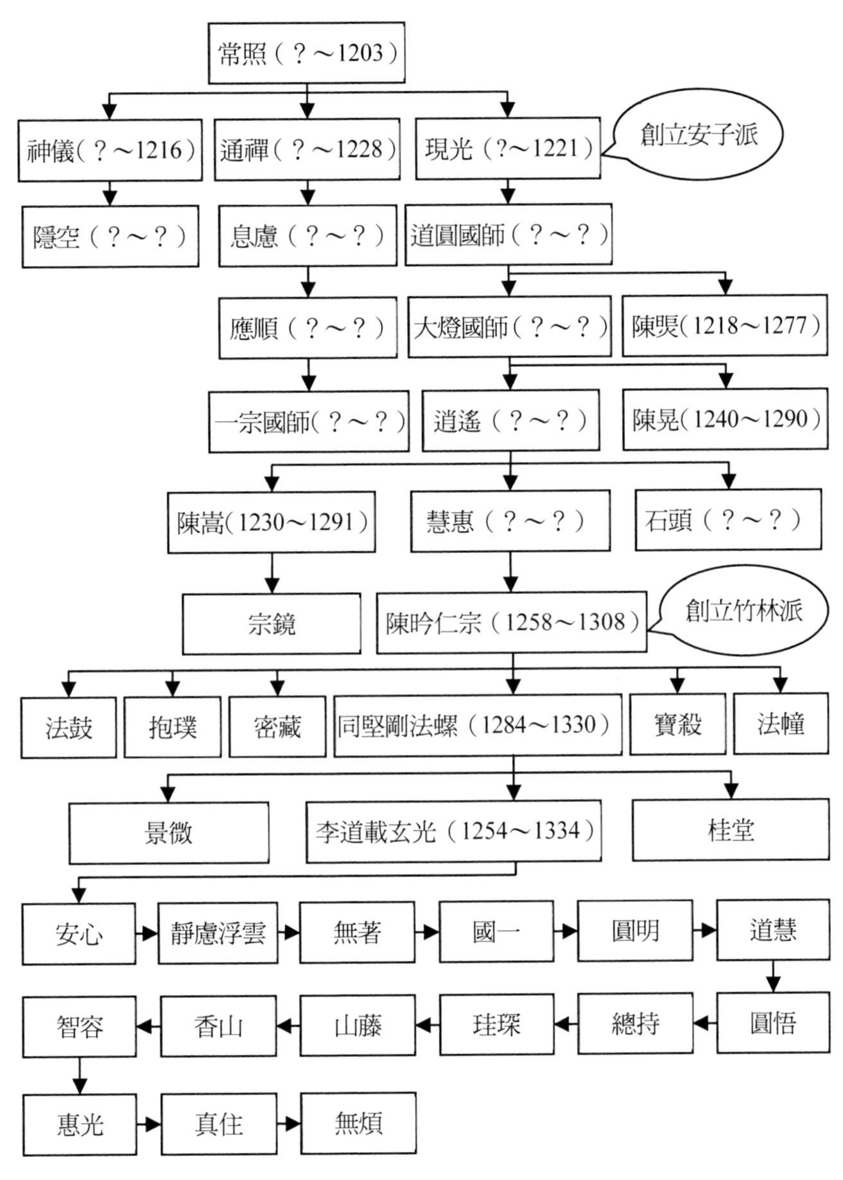

〔註27〕參閱〔越〕阮郎：《越南佛教史論》（第一集），河內：河內文學出版社，1992年，第239頁；〔越〕釋清慈：《越南禪師》，胡志明：胡志明市綜合出版社，2008年，第236頁。

參考文獻

一、中文部分

（一）專書、論文集

1. 陳伯海，唐詩學引論〔M〕，上海：上海古籍出版社，2015。
2. 陳伯海，意象藝術與唐詩〔M〕，上海：上海古籍出版社，2015。
3. 陳惇、劉象愚，比較文學概論〔M〕，北京：北京師範大學出版社，2010（2015 重印）。
4. 陳芳譯注，後漢書〔M〕，北京：中華書局，2016（2017 重印）。
5. 陳廣忠譯注，准南子〔M〕，北京：中華書局，2006。
6. 陳國慶、王翼成注評，論語〔M〕，西安：陝西人民出版社，2006。
7. 班固撰，趙一生點校，漢書〔M〕，杭州：浙江古籍出版社，2002。
8. 曹植著，聶文郁注譯，曹植詩解譯〔M〕，西寧：青海人民出版社，1985。
9. 陳柳編著，古典散文活學活用〔M〕，北京：金城出版社，3006。
10. 陳如江，中國古典詩法舉要〔M〕，人民文學出版社，2016。
11. 陳壽撰，三國志〔M〕，鄭州：中州古籍出版社，1996（2003 重印）。
12. 陳衍輯撰，李夢生校點，元詩紀事（下）〔M〕，上海：上海古籍出版社出版，1987。
13. 陳益源，越南漢籍文獻述論〔M〕，北京：中華書局，2011。

14. 陳應基編著，舜裔姓氏及歷史影響〔M〕，蘭州：甘肅人民出版社，2004。

15. 陳澤泓，廣府文化〔M〕，廣州：廣東人民出版社，2007。

16. 陳重金著，戴可來譯，越南通史〔M〕，北京：商務印書館，1992。

17. 戴可來、楊保筠校點，嶺南摭怪等史料三種〔M〕，鄭州：中州古籍出版社，1991。

18. 道原著，顧宏義譯注，景德傳燈錄譯注〔M〕，上海：上海書店出版社，2010。

19. 鄧中龍，唐代詩歌演變〔M〕，長沙：嶽麓書社出版發行，2004。

20. 董誥等編，全唐文，〔M〕，北京：中華書局，1983。

21. 杜甫著，聶石樵、鄧魁英選注，杜甫選集〔M〕，上海：上海古籍出版社，1983。

22. 樊綽、向達撰，蠻書校注〔M〕，北京：中華書局，1962。

23. 范曄著，劉龍慈等點校，後漢書〔M〕，北京：團結出版社，1996年。

24. 房日晰，唐詩比較研究〔M〕，合肥：安徽大學出版社，2004。

25. 傅紹良，盛唐禪宗文化與詩佛王維〔M〕，臺北：佛光出版社，1999。

26. 傅璿琮主編，唐才子傳校箋〔M〕，北京：中華書局，1987。

27. 高友工、梅祖麟著，李世耀譯，唐詩的魅力〔M〕，上海：上海古籍出版社，1989。

28. 古小松，東南亞：歷史、現狀、前瞻〔M〕，廣州：世界圖書出版廣東有限公司，2013。

29. 顧嗣立編，元詩選（二集　上）〔M〕，北京：中華書局，1987。

30. 郭振鐸、張笑梅主編，越南通史〔M〕，北京：中國人民大學出版社，2001。

31. 郭璞注，洪頤煊校；譚承耕、張耘點校，山海經穆天子傳〔M〕，長沙：嶽麓書社，1992。

32. 韓國磐，唐詩五代史綱〔M〕，北京：人民出版社，1977。

33. 韓愈著，陳霞村、胥巧生解評，韓愈集〔M〕，太原：山西古籍出版社，2005。

34. 漢喃研究院，復旦大學文史研究院合編，越南漢文燕行文獻集成

（全 25 冊）〔M〕，上海：復旦大學出版社，2010。
35. 何光岳，百越源流史〔M〕，南昌：江西教育出版社出版，1992。
36. 胡遂，佛教與晚唐詩〔M〕，北京：東方出版社，2005。
37. 胡雲翼，唐詩研究〔M〕，北京：北京出版社，2016。
38. 胡仲平編譯，莊子〔M〕，北京：北京燕山出版社，2005（2011 重印）。
39. 黃益庸編著，歷代詠史詩〔M〕，北京：大眾文藝出版社，2000。
40. 霍松林主編，名家講解宋詞三百首〔M〕，長春：長春出版社，2008。
41. 計有功撰，王仲鏞校箋，唐詩紀事校箋（上）〔M〕，成都：巴蜀書社，1989。
42. 季伏昆主編，金陵詩文鑒賞〔M〕，南京：南京出版社，1998。
43. 冀昀主編，莊子〔M〕，北京：線裝書局，2007。
44. 江灝、錢宗武譯注，今古文尚書全譯〔M〕，貴陽：貴州人民出版社，2008。
45. 蔣炳釗，百越文化研究〔M〕，廈門：廈門大學出版社，2005。
46. 蔣紹愚，唐詩語言研究〔M〕，北京：語文出版社，2008。
47. 孔丘等編著，四書五經〔M〕，北京：線裝書局，2007。
48. 賴炎元注譯，韓詩外傳今注今譯〔M〕，臺北：臺灣商務印書館，1972。
49. 李定廣評注，中華詩詞名篇賞析（上冊）〔M〕，上海：東方出版中心，2018。
50. 李定廣評注，中華詩詞名篇賞析（下冊）〔M〕，上海：東方出版中心，2018。
51. 李公佐著，何力改編，南柯太守傳〔M〕，天津：天津人民美術出版社，2008。
52. 李青譯，詩經，北京：北京聯合出版公司〔M〕，2015（2018 重印）。
53. 李延壽，南史〔M〕，北京：中華書局，1975。
54. 李浴華譯注，論語・大學・中庸〔M〕，太原：山西古籍出版社，2008。
55. 酈道元原注，陳橋驛注釋，水經注〔M〕，杭州：浙江古籍出版社，2000。

56. 連波、查洪德校注，沈佺期詩集校注〔M〕，鄭州：中州古籍出版社，1991。
57. 林庚，唐詩綜論〔M〕，北京：清華大學出版社，2006。
58. 劉鳳泉等主編，中國歷代軍旅詩三百首鑒賞〔M〕，濟南：山東友誼出版社，1999。
59. 劉斧撰，青瑣高議〔M〕，北京：中華書局，1959。
60. 劉果宗，中國佛教各宗史略〔M〕，臺北：文津出版社，2001。
61. 劉昫等撰，廉湘民等標點，舊唐書〔M〕，長春：吉林人民出版社，1995。
62. 柳宗元著，曹明綱標點，柳宗元全集〔M〕，上海：上海古籍出版社出版，1997。
63. 六祖惠能大師，六祖法寶壇經〔M〕，高雄：禪心學苑，2009。
64. 盧連章著，程顥程頤評傳〔M〕，南京：南京大學出版社，2001。
65. 羅仲鼎編著，阮籍詠懷詩譯解〔M〕，南京：南京大學出版社，1999。
66. 羅宗強，隋唐五代文學思想史〔M〕，上海：上海古籍古籍出版社，1986。
67. 呂不韋著，任明、昌明譯注，呂氏春秋〔M〕，上海：書海出版社，2001。
68. 梅堯臣著，夏敬觀選注，梅堯臣詩〔M〕，北京：商務印書館，1940。
69. 孟浩然撰，李景白校注，孟浩然詩集校注〔M〕，成都：巴蜀書社，1988。
70. 孟郊著，郝世峰箋注，孟郊詩集箋注〔M〕，石家莊：河北教育出版社，2002。
71. 明崢著，范宏科、呂谷譯，越南史略（初稿）〔M〕，北京：生活．讀書．新知三聯書店，1958。
72. 繆鉞，杜甫〔M〕，成都：四川人民出版社，1980。
73. 莫乃群主編，廣西歷史人物傳〔M〕，南寧：廣西地方史志研究組編印，1985。
74. 歐大任，百越先賢志〔M〕，北京：商務印書館，1937。

75. 歐陽修、宋祁撰，新唐書〔M〕，北京：中華書局，2000。
76. 歐陽修撰，徐無党注，新五代史〔M〕，北京：中華書局出版，1974。
77. 彭定求等編，全唐詩（全 25 冊）〔M〕，北京：中華書局，1960（2015 重印）。
78. 彭適凡，百越民族研究〔M〕，江西：江西教育出版社出版，1990。
79. 平野顯照著，張桐生譯，唐代文學與佛教〔M〕，貴陽：貴陽大學出版社，2013。
80. 普濟著，蘇淵雷點校，《五燈會元》（上冊）〔M〕，北京：中華書局，1984。
81. 錢志熙，唐詩近體源流〔M〕，北京：北京大學出版社，2015。
82. 裘錫奎，文字學概要（修訂本）〔M〕，北京：商務印書館，2013（2017 重印）。
83. 屈守元箋疏，韓詩外傳箋疏〔M〕，成都：巴蜀書社，1996。
84. 屈原，屈原〔M〕，上海：上海書局有限公司，1976。
85. 沈括撰，劉伯嚴、樊淩雲譯，夢溪筆談〔M〕，北京：團結出版社，1996。
86. 釋道世撰集，法苑珠林〔M〕，臺北：財團法人佛陀教育基金會出版部，1998。
87. 釋德念（胡玄明），中國文學與越南李陳朝文學之研究〔M〕，臺北：金剛出版社，1979。
88. 司馬遷著，鄭紅峰譯，史記（全 6 冊）〔M〕，北京：光明日報出版社，2015。
89. 宋天正注譯，楊亮功校訂，中庸今注今譯〔M〕，臺北：臺灣商務印書館，2009。
90. 蘇東坡著，毛德富等主編，蘇東坡全集（卷二十五）〔M〕，北京：北京燕山出版社出版，1998。
91. 蘇軾著，馮應榴輯注，蘇軾詩集〔M〕，北京：中華書局，1982。
92. 蘇雪林，唐詩概論〔M〕，上海：新華書店出版，1992。
93. 孫昌武，唐代文學與佛教〔M〕，西安：陝西人民出版社，1985。
94. 孫琴安，唐詩選本提要〔M〕，上海：上海書店出版社，2005。
95. 孫遜、鄭克孟、陳益源主編，越南漢文小說集成（全 20 冊）〔M〕，上海：上海古籍出版社，2010。
96. 孫衍峰，越南文化概論〔M〕，廣州：世界圖書出版廣東有限公司，2014。
97. 譚志詞，中越語言文化關係〔M〕，廣州：世界圖書出版廣東有限公司，2014。
98. 陶東風主編，文學理論基本問題（第3版）〔M〕，北京：北京大學出版社，2007。
99. 陶維英，越南歷代疆域〔M〕，北京：商務印書館，1973。
100. 陶維英著，劉統文等譯，越南古代史〔M〕，北京：科學出版社，1959。
101. 陶淵明，郭維林、包景誠譯注，陶淵明集全譯〔M〕，貴州：貴州人民出版社，2008。
102. 田代華，劉更生校注，靈樞經校注〔M〕，北京：人民軍醫出版社，2011。
103. 童超，王玉鳳著，陶淵明〔M〕，天津：新蕾出版社，1993。
104. 王鋒，從漢字到漢字系文字——漢字文化圈文字研究〔M〕，北京：民族出版社，2003。
105. 王福和，比較文學讀本〔M〕，杭州：浙江大學出版社，2005。
106. 王力，漢語詩律學（上、下）〔M〕，北京：中華書局，2015（2016重印）。
107. 王力，詩詞格律．詩詞格律概要〔M〕，北京：中華書局，2014（2018重印）。
108. 王力主編，古代漢語〔M〕，北京：中華書局，1962（2016重印）。
109. 王青著，揚雄評傳〔M〕，南京：南京大學出版社，2000。
110. 王肅著，乙力編，孔子家語〔M〕，蘭州：蘭州大學出版社，2004。
111. 王維撰，陳鐵民校注，王維集校注（全4冊）〔M〕，北京：中華書局，1997（2015重印）。
112. 王文光、李曉斌，百越民族發展演變曆〔M〕，北京：民族出版社，2007。
113. 王岳川，當代西方最新文論教程〔M〕，上海：復旦大學出版社，2008。
114. 王運熙、周鋒撰，文心雕龍釋注〔M〕，上海：上海古籍出版社，

2012。

115. 王仲犖，隋唐五代史（上冊）〔M〕，上海：上海人民出版社，1988。
116. 王仲犖，隋唐五代史（下冊）〔M〕，上海：上海人民出版社，1990。
117. 惟白輯，朱俊紅點校。建中靖國續燈錄（下）〔M〕，海口：海南出版社，2011。
118. 文莊，中越關係兩千年〔M〕，北京：社會科學文獻出版社，2013。
119. 翁俊雄，唐詩政區與人口〔M〕，北京：北京師範學院出版，1990。
120. 无谷、劉卓英選注，戰爭詩選注〔M〕，北京：書目文獻出版社，1984。
121. 無名氏，越史略〔M〕，北京：中華書局，1985。
122. 吳如嵩、王顯臣校注，李衛公問對校注〔M〕，北京：中華書局出版，1983。
123. 吳士連撰，孫曉主編（標點校勘），大越史記全書〔M〕，重慶：西南師範大學出版社；北京：人民出版社，2015。
124. 吳淑玲，唐詩傳播與唐詩發展關係〔M〕，北京：中華書局，2013。
125. 肖文颯，全注全譯唐詩宋詞元曲（全 8 冊）〔M〕，北京：中國華僑出版社，2016。
126. 謝桃坊，詩詞格律教程〔M〕，成都：四川藝術出版社，2016（2018 重印）。
127. 辛文房著，王大安校訂，唐才子傳〔M〕，哈爾濱：黑龍扛人民出版社，1986。
128. 徐定祥注，杜審言〔M〕，上海：上海古籍出版社出版，1982。
129. 徐奇堂譯注，尚書〔M〕，廣州：廣州出版社，2001（2004 重印）。
130. 徐芹庭著、徐耀環編校，細說四書〔M〕，新臺北：聖環圖書，2011。
131. 徐興無注譯，侯迺慧校閱，新譯金剛經〔M〕，臺北：三民出版社，2010。
132. 徐元選注，中國異體詩新編〔M〕，杭州：浙江大學出版社，2010。
133. 荀子著，白延海譯注，荀子〔M〕，西寧：青海人民出版社，2002。
134. 嚴從簡，殊域周咨錄〔M〕，北京：中華書局，2000。
135. 嚴明，東亞漢詩研究〔M〕，北京：中國書籍出版社，2013。
136. 嚴明，近世東亞漢詩流變〔M〕，南京：鳳凰出版社，2018。

137. 楊孚，異物志〔M〕，廣州：廣東科技出版社，2009。
138. 楊乃喬主編，比較文學概論（第4版）〔M〕，北京：北京大學出版社，2014。
139. 楊祥雨，格律詩寫作自學教程〔M〕，長沙：嶽麓書社，2015（2017重印）。
140. 楊永傑、龔樹全主編，黃帝內經〔M〕，北京：線裝書局，2009。
141. 楊有禮注說，淮南子〔M〕，開封：河南大學出版社，2010。
142. 義淨原著，王邦維校注，大唐西域求法高僧傳校注〔M〕，北京：中華書局，1988。
143. 尹湘玲，東南亞文學史概論〔M〕，廣州：世界圖書出版廣東公司，2011。
144. 于春海譯評，易經〔M〕，長春：吉林文史出版社，2010。
145. 于在照，越南文學史〔M〕，廣州：世界圖書出版廣東有限公司，2014。
146. 于在照，越南文學與中國文學之比較研究〔M〕，廣州：世界圖書館出版廣東有司，2014。
147. 余富兆著，越南歷史〔M〕，北京：軍事誼文出版社，2001。
148. 黎崱著，武尚清點校，安南志略〔M〕，北京：中華書局，2000。
149. 余冠英等主編，唐宋八大家全集〔M〕，北京：國際文化出版公司，1997。
150. 喻守真編著，唐詩三百首詳析〔M〕，北京：中華書局，1985（2018重印）。
151. 張德明，詩歌研究的理論與實踐〔M〕，廣州：暨南大學出版社，2015。
152. 張劍廣，唐代經濟與社會研究〔M〕，上海：上海交通大學出版社，2013。
153. 張金華編著，中華文典〔M〕，北京：北京出版社，2008。
154. 張曼濤主編，東南亞佛教研究》〔M〕，臺北：大乘文化出版社，1978。
155. 張曼濤主編，印度佛教史論〔M〕，臺北：大乘文化出版社，1978。
156. 張文強譯注，三國志〔M〕，北京：中華書局，2016（2017重印）。
157. 張小燕，陳佳編著，詩詞格律〔M〕，北京：中國華僑出版社，

2013（2014 重印）。
158. 張秀民，中越關係史論文集〔M〕，臺北：臺北文史哲出版社，1992。
159. 張毅，唐詩接受史〔M〕，北京：人民文學出版社，2012。
160. 張永雷、劉叢譯注，漢書〔M〕，北京：中華書局，2016（2017 重印）。
161. 張長法注譯，列子〔M〕，鄭州：中州古籍出版社，2010。
162. 張哲俊，東亞比較文學導論〔M〕，北京：北京大學出版社，2004。
163. 鄭鴻，老子思想新釋〔M〕，美國：八方文化企業公司，2000。
164. 中國唐史學會編，唐史學會論文集〔M〕，陝西：陝西人民出版社出版，1986。
165. 朱子輝，唐詩語言學批評研究〔M〕，桂林：廣西師範大學出版社，2015。
166. 琢言主編，唐詩．宋詞．元曲（全 4 冊）〔M〕，北京：線裝書局，2018。

（二）學術論文

1. 陳俊宇，李賁之亂與陳霸先定交州始末〔J〕，廣西地方誌，2015 年（01）。
2. 陳日紅、劉國詳，越南漢詩與中國古典詩歌關係再探——以《總集》中的七首漢詩為例》〔J〕，湖北民族學院學報，2014（06）。
3. 陳文，科舉取士與儒學在越南的傳播發展——以越南後黎朝為中心〔J〕，世界歷史，2012（05）。
4. 陳忠喜，越南唐詩研究和翻譯的情況〔J〕，國學網，2014（11 月）。
5. 東瀟，唐太宗的「胡越一家」與「愛之如一」民族觀〔J〕，黑龍江史志，2008（12）。
6. 范氏義雲，越南唐律詩題材研究〔D〕，長春吉林大學博士學位論文，2013。
7. 傅成劼，越南的「喃字」〔J〕，語文建設，1993（06）。
8. 郭聲波，越南地名中的古代遺痕〔J〕，暨南大學學報（哲學社會科學版），2013（01）。
9. 韓周敬，1288 年元朝、安南戰爭中白藤江樁陣與下游河道考〔J〕，紅河學院學報，2016（03）。

10. 胡可先，新出土唐代詩人廖有方墓誌考論〔J〕，中山大學學報（社會科學版），2009（05）。
11. 黄國安，姜公輔籍貫辯析〔J〕，東南亞縱横，1994（01）。
12. 黄國安，唐代中原與越南文人的友好往來詩〔J〕，印度支那，1986（02）。
13. 黄國安，唐詩對越南詩歌發展的影響〔J〕，印度支那，1987（01）。
14. 黄強，論杜詩在越南的譯介〔J〕，杜甫研究學刊，2011（04）。
15. 蔣國維，「文郎國」考辯〔J〕，貴州師範大學學報，1980（04）。
16. 黎氏玄莊，唐詩翻譯與越南詩歌體裁之形成及發展〔D〕，上海華東師範大學博士學位論文，1014。
17. 黎文畝，杜甫詩歌在越南的接受與傳播〔J〕，廣東農工商職業技術學院學報，2013（03）。
18. 李定廣，論「晚唐體」〔J〕，文學遺產，2006（03）。
19. 李定廣，唐代省試詩的衡量標準與齊梁體格〔J〕，學術研究，2006（02）。
20. 李定廣，唐詩的體裁系統及其藝術優越性〔J〕，學術月刊，2013（05）。
21. 李時人、劉廷乾，越南古代漢文詩敘論〔J〕，上海師範大學報，2010（06）。
22. 李未醉、余羅玉，略論古代中越文學作品交流及其影響〔J〕，鞍山師範學院學報，2004（03）。
23. 李未醉，簡論古代中越文學作品交流〔J〕，貴州社會科學，2004（05）。
24. 李文沛，詩歌用典的功能和技巧〔J〕，徐州師範學院學報（哲學社會科學版），1982（01）。
25. 李炎，以景寓意情韻綿綿——杜甫《春日憶李白》辯析〔J〕，宜賓學院學報，1990（04）。
26. 林明華，漢語與越南語言文化（上）〔J〕，現代外語，1997 年（01）。
27. 劉俊濤，唐詩中的越南銅柱〔J〕，滄桑，2009（06）。
28. 劉玉珺、何洪濤，論越南古代流傳的歌詩〔J〕，黄鐘：武漢音樂學院學報，2011（02）。
29. 劉玉珺、王昕，越南詩人阮飛卿及其漢詩創作〔J〕，古典文學知識，2015（05）。

30. 劉玉珺，越南使臣與中越文學交流〔J〕，學術研究，2007（01）。
31. 羅長山，越南陳朝使臣中國使程詩文選輯〔J〕，廣西教育學院學報，1998（01）。
32. 毛翰，被鄰國抄襲的中國古詩〔J〕，文藝研究，2011（01）。
33. 毛翰，衣冠唐制度，禮樂漢君臣——越南歷代漢詩概說〔J〕，安徽理工大學學報（社會科學版），2010（01）。
34. 曲用心，論嶺南地區先秦銅器的考古發現、分佈及其社會影響〔J〕，學術論壇，2007（04）。
35. 蘇長生，東漢名士——郭泰〔J〕，文史月刊，2018（05）。
36. 孫海橋，「衣冠唐制度，禮樂漢君臣」詩源考〔J〕，廣西職業技術學院學報，2013（03）。
37. 王承文，唐代安南籍宰相姜公輔和文士廖有方論考〔J〕，學術研究，2018（02）。
38. 王榮國，唐志勤禪師生平考〔J〕，宗教學研究，2002（01）。
39. 王運熙，唐人的詩體分類〔J〕，中國文化，1995（02）。
40. 王澤風，越南漢詩流變述論〔D〕，上海師範大學碩士學位論文，2016。
41. 嚴明，越南古代七律詩初探〔J〕，學術界，2012（09）。
42. 楊曉東，淺析古琴史〔J〕，戲劇之家，2009（02）。
43. 英楓，史筆審名實　治亂尋根源——論梁盛材《廣西歷代名人譜》的史料價值〔J〕，閱讀與寫作，2011（12）。
44. 于向東，劉俊濤：「雄王」、「雒王」稱謂之辯管見〔J〕，東南亞研究，2009（05）。
45. 于在照，中國古典詩歌與越南古代漢文詩〔J〕，深圳大學學報，2010（04）。
46. 張金蓮，六世紀前的交趾與內地交通〔J〕，學術探索，2005（01）。
47. 張苗苗，唐詩與越南李陳朝詩歌〔D〕，杭州浙江工業大學碩士學位論文，2008。
48. 張秋達，用典與懷古辨〔J〕，中學語文，2004（07）。
49. 張玉梅，論越南六八體、雙七六八體詩與漢詩的關係〔D〕，武漢華中師範大學碩士學位論文，2008。

50. 鄭金順，姜公輔其人〔J〕，泉州師專學報，1999 年（01）。
51. 朱易安，略論唐詩學發展史的體系建構〔J〕，文學評論，1998（05）。
52. 曾德雄，讖緯與東漢學術〔J〕，人文雜誌，2010（06）。
53. 查清華，《唐詩品匯》的美學範式及其詩學意義〔J〕，上海師範大學學報（哲學社會科學版），2009（01）。

（三）工具書

1. CBETA 電子佛典集成（CBETA Chinese Electronic Tripitaka Collection Version 2016——中華大藏經臺版）。
2. 辭海編輯委員會編，辭海．歷史分冊．世界史、考古學，上海：上海辭書出版社，1982。
3. 佛教詞典大全（電子版）：http://cidian.foyuan.net。
4. 漢典（電子版）：http://www.zdic.net。
5. 何九盈等主編，辭源（第三版），北京：商務印書館，2015。
6. 靳文翰等主編，世界歷史詞典，上海：上海辭書出版社，1985。
7. 廖盛春，《後漢書》成語典故，南寧：廣西民族出版社，2002。
8. 商務印書館辭書研究中心修訂，古代漢語詞典（2 版），北京：商務印書館，2014（2017 重印）。
9. 夏征農主編，辭海，上海：上海辭書出版社，1989。
10. 蕭滌非等撰，唐詩鑒賞辭典，上海：上海辭書出版社出版，1986。
11. 鄭乃臧、唐再興主編，文學理論詞典，北京：光明日報出版社出版，1989。

二、越文部分

（一）專書、論文集

1. 陳國旺，越南文化探索與思考〔M〕，河內：文學出版社，2000。
2. 陳儒辰，越南文學——10 世紀至整個 19 世紀〔M〕，河內：越南教育出版社，2012。
3. 陳氏冰清，關於中代文學的幾點思考〔M〕，河內：社會科學出版社，1999 年。
4. 陳廷史，詩法學教程〔M〕，胡志明：胡志明師範大學，1993。
5. 陳廷史，越南中代文學詩法〔M〕，河內：國家大學出版社，2005。

6. 陳義，10 世紀前越南人漢文作品輯考〔M〕，河內：世界出版社，2000。
7. 陳玉添，越南文化本色之探究〔M〕，胡志明：胡志明市出版社，1996。
8. 陳玉添，越南文化基礎〔M〕，河內：教育出版社，1999 年。
9. 陳仲金，越南史略〔M〕，河內：文化通訊出版社，1999 年。
10. 陳仲金譯，唐詩〔M〕，河內：作家會出版社，2003。
11. 陳仲珊編譯，金聖歎評唐詩〔M〕，胡志明：胡志明市綜合叢書，1990。
12. 鄧臺梅，在文章作品研究與教學的行程上〔M〕，河內：教育出版社，2002。
13. 范德陽，東南亞背景下的越南文化〔M〕，河內：河內科學社會出版社，2000。
14. 方榴，從比較文學到比較詩學〔M〕，河內：文學出版社，2002。
15. 胡亞敏主編，黎輝標譯，比較文學教程〔M〕，河內：越南教育出版社，2011。
16. 黃魁編譯，阮廌全集》（又稱抑齋集）〔M〕，河內：文化通訊出版社，2001。
17. 黎德念，唐詩〔M〕，胡志明：社會科學出版社——金甌出版社，1993。
18. 黎德念，唐詩面貌〔M〕，河內：文化通訊出版社，1995。
19. 黎貴惇，見聞小錄〔M〕，越南胡志明市社會科學圖書館藏（影印本，共 610 頁）。
20. 黎貴惇著，范仲恬譯注，見聞小錄〔M〕，河內：通訊文化出版社，2007。
21. 黎孟撻，禪苑集英研究〔M〕，胡志明：胡志明出版社，1999。
22. 黎孟撻，陳仁宗全集〔M〕，胡志明：胡志明綜合出版社，2000。
23. 黎孟撻，陳太宗全集〔M〕，胡志明：胡志明綜合出版社，2004。
24. 黎孟撻，六度集經與越南民族起源傳說考〔M〕，胡志明：胡志明市綜合出版社，2005。
25. 黎孟撻，明珠香海全集〔M〕，胡志明：胡志明出版社，2000。
26. 黎孟撻，越南佛教歷史（卷二）〔M〕，胡志明：胡志明出版社，

2001。

27. 黎孟撻，越南佛教歷史（卷三）〔M〕，胡志明：胡志明出版社，2002。
28. 黎孟撻，越南佛教歷史（卷一）〔M〕，順化：順化出版社，1999。
29. 黎孟撻，越南佛教文學總集（卷二）〔M〕，胡志明：胡志明出版社，2002。
30. 黎孟撻，越南佛教文學總集（卷一）〔M〕，胡志明：胡志明出版社，2001。
31. 黎秋燕主編，越南文學〔M〕，胡志明：教育出版社，2003。
32. 黎鑠、張正譯注，阮攸漢詩〔M〕，河內：文學出版社，2012。
33. 黎文超，北屬時期越南文學〔M〕，西貢：世界出版社，1956。
34. 黎文超，越南文學史〔M〕，河內：文學出版社，2006。
35. 黎崱，安南志略〔M〕，順化：順化大學院，1961。
36. 黎智遠，越南中代文學之特徵〔M〕，胡志明：胡志明文藝出版社，2002。
37. 梁維恕，胡志明與中國文化〔M〕，胡志明：年青出版社，1999。
38. 密體，越南佛教史略〔M〕，順化：順化出版社，1996。
39. 潘輝黎，〔越南民族〕起源探究〔M〕，河內：世界出版社，1999。
40. 潘輝注，歷朝憲章類志〔M〕，河內：社會科學出版社，1992。
41. 潘輝注著，史學院譯注，歷朝憲章類志（第二集）〔M〕，河內：教育出版社，2007。
42. 潘輝注著，史學院譯注，歷朝憲章類志（第一集）〔M〕，河內：教育出版社，2005。
43. 潘仲賞、阮璩、武清、陳儒辰選，論 10 個世紀的文章（10 世紀至 20 世紀上半葉／全三冊）〔M〕，河內：教育出版社，2007。
44. 裴德靜，越南文學歷史略考（從起源到 20 世紀末）〔M〕，胡志明：文藝出版社，2005。
45. 裴維新，越南中代文學中的若干文體、作家和作品之考論，（第二集）〔M〕，河內：河內國家大學出版社，2001。
46. 裴維新，越南中代文學中的若干文體、作家和作品之考論，（第一集）〔M〕，河內：教育出版社，1999。
47. 裴文元、何明德，越南文學中的詩歌體裁與詩歌形式的發展〔M〕，河內：社會科學出版社，1968。

48. 橋清桂，越南文學之進化〔M〕，西貢：樺仙出版社，1969。
49. 阮登熟，越南思想——陳朝越南思想（1225～1400）（第四集）〔M〕，胡志明：胡志明市出版社，1992。
50. 阮登熟，越南思想歷史——陳朝（卷四）〔M〕，胡志明：胡志明出版社，1992。
51. 阮登熟，越南思想歷史——李朝（卷三）〔M〕，胡志明：胡志明出版社，1992。
52. 阮董芝，越南古文學史〔M〕，河內：韓荃出版社，1942。
53. 阮董芝，越南古文學史〔M〕，河內：年輕出版社，1993。
54. 阮范雄，中代文學的行程〔M〕，河內：河內國家大學，2001。
55. 阮公理，黎莫南北朝紛爭的越南文學〔M〕，胡志明：胡志明市國家大學出版社，2018。
56. 阮公理，李陳禪宗文學中的民族本色〔M〕，胡志明：文化通訊出版社，1997。
57. 阮公理，李陳朝佛教文學——面貌與特點〔M〕，胡志明：胡志明國家大學出版社，2003。
58. 阮公理，李陳朝佛教文學——面貌與特點（補充版）〔M〕，胡志明：胡志明國家大學出版社，2016。
59. 阮公理，李陳越南文學〔M〕，胡志明：胡志明市國家大學出版社，2018。
60. 阮圭，㗂喃學概論〔M〕，胡志明：胡志明市國家大學出版社，2009。
61. 阮慧芝，越南古近代文學——從文化視角到藝術代碼〔M〕，河內：越南教育出版社，2013。
62. 阮克飛，從比較視角看越南文學與中國文學之關係〔M〕，河內：教育出版社，2001。
63. 阮郎，越南佛教史論（卷二）〔M〕，河內：文學出版社，1992。
64. 阮郎，越南佛教史論（卷一）〔M〕，河內：文學出版社，1992。
65. 阮孟雄，越南禪詩——歷史與思想藝術的若干問題〔M〕，河內：國家大學出版社，1998。
66. 阮氏碧海，唐詩詩法〔M〕，順化：順化出版社，2006。

67. 阮鳶，抑齋詩集〔M〕，河內：教育出版社，2006。
68. 阮佐而主編，越南喃文學總集（第一集）〔M〕，河內：社會科學出版社，2008。
69. 史學院，李陳時期越南社會探究〔M〕，河內：社會科學出版社，1980。
70. 釋覺全、陳友佐主編，文學、佛教與千年升龍——河內〔M〕，胡志明：文化通訊出版社，2010。
71. 釋清慈，慧忠上士語錄講解〔M〕，胡志明：胡志明市綜合出版社，2008。
72. 釋清慈，課虛錄講解〔M〕，胡志明：胡志明綜合出版社，2008。
73. 威爾．杜蘭特著，阮獻黎譯，中國文明史〔M〕，胡志明：胡志明市師範大學資訊中心，1990。
74. 文學院，李陳詩文（第二集）〔M〕，河內：社會科學出版社，1988。
75. 文學院，李陳詩文（第三集）〔M〕，河內：社會科學出版社，1978。
76. 文學院，李陳詩文（第一集）〔M〕，河內：社會科學出版社，1977。
77. 吳必素，陳朝文學〔M〕，胡志明：西貢開智出版社，1960。
78. 吳必素，李朝文學〔M〕，胡志明：西貢開智出版社，1960。
79. 吳士連，大越史記全書〔M〕，河內：社會科學出版社，1988。
80. 吳文富，唐詩在越南〔M〕，河內：作家會出版社，2001。
81. 楊廣邯，越南文學史要〔M〕，沙瀝：同塔綜合出版社，1993。
82. 越南佛教科、專門佛學科，陳朝禪學〔M〕，越南：越南佛學研究院印行，1995。
83. 張文鐘、尹正主編，李陳兩朝越南思想〔M〕，河內：國家主出版社，2008。
84. 張有敻主編，越南歷史大綱（第一集）〔M〕，河內：教育出版社，2001。

（二）學術論文

1. 陳義，從比較文學研究漢喃遺產〔J〕，漢喃雜誌，1998（03）。
2. 鄧卲梅，越南文學與中國文學有著悠久而密切的聯繫〔J〕，文學研究雜誌，1961（07）。
3. 段氏秋雲，越南禪詩在 11～14 世紀中的若干藝術特徵考察〔D〕，胡志明師範大學副博士學位論文，1994。

4. 胡士協，在唐詩中送行越南僧人〔J〕，覺悟月刊，2015（229）。
5. 黎氏清心，越南李陳禪詩與中國唐宋禪詩之比較研究〔D〕，胡志明人文社會科學大學博士學位論文，2007。
6. 劉文俸，歷史詩法與漢喃遺產之比較〔J〕，漢喃雜誌，1998（03）。
7. 潘玉，越南與中國之間的文化對話〔J〕，古今雜誌，2005（227～228）。
8. 阮慧芝，從越南中代古文學交往途徑看地區之關係〔J〕，文學研究雜誌，1992（01）。
9. 阮文校，中國文學在越南20世紀初的關係與接受〔J〕，漢喃雜誌，2000（04）。
10. 惟丕，關於陶師錫的新資料〔J〕，漢喃雜誌，2011（01）。

致　謝

2015 年，我獲得臺灣獎學金和臺灣中興大學獎學金，可在臺灣修讀博士學位。然思慮再三，我決定改赴中國大陸繼續深造。在中國大陸，雖有諸多大學，但我卻最終選擇了上海師範大學，因為這裡有著蜚聲學界的東亞漢詩文小說研究中心，同時我似乎非常喜愛「上師大」這個名稱。我在上師大度過了四年博士生涯，慶幸自己能遇上像李定廣、嚴明這樣的專家良師，在中國最大的城市上海潛心讀書，結交益友，擁有了理想的學習空間和良好的學習環境。

然而，「逝者如斯夫，不舍晝夜」。2019 年畢業的日子來臨，我所修的課程累計學分，其他培養要求均已完成，博士畢業論文亦已完成，共計 20 萬字左右。我深知論文中尚存一些瑕疵，還有一些原先的設想，因種種原因而暫時未能完成。今後我將繼續努力，彌補不足，提升實力，完成經過精心設計花費了大量時間精力進行的這一課題。話雖如此，但進行唐詩與李陳漢詩的影響這樣高難度的比較研究，對於像我這樣一個外籍生而言，實非易事！

在即將畢業並滿載對上師大的美好回憶回歸故國之際，我感謝論文指導老師李定廣教授，您雖謙虛地表示「做這個題目是你自己想的」，但事實上我的研究過程受到了您的深刻啟發，同時也是在您的悉心指導下完成的。非常感謝嚴明教授認真而親切的指導。嚴教授近二十年來專攻東亞漢詩史研究，對朝鮮、日本、琉球、越南的漢詩史有著整體的把握和細緻的辨析，所開設的研究課程「東亞漢詩史研究」、「東亞漢詩學」、「東亞文化交流史」等課程，讓我大開眼界，受益匪淺。感謝越中兩國政府為我提供了良好的研習條件。感謝在論文開題、預答辯和答辯時，諸位老師對我的論文提出諸多寶貴的意見和建議，啟發了我的思路，開拓了我的視界。感謝上海師大人文與傳播學院院長及多位老師，在本人研習過程中所給予的各種幫助鼓勵。感謝在我遊學期間一直與我同在、鼓勵我並與我分享生活中的酸甜苦辣的親戚朋友們。

最後，要特別感謝妻子，你在這四年期間為了我們家庭付出了太多，替我養了兩個女兒，使我在異國他鄉得以安心研習。感謝這一生有你的陪伴。

感恩生命中所有的遇見，祝願所有人一生平安！

NGUYEN PHUOC TAM

2019 年 5 月於上海教育國際交流中心

上海市桂林路 55 號 206 房間